가장 높은
깨달음을 향하여

The Highest Level
of Enlightenment

호킨스
강연집

가장 높은
깨달음을 향하여

데이비드 호킨스 지음

박찬준 옮김

판미동

'가장 높은 깨달음*The Highest Level of Enlightenment*'에 오신 것을 환영합니다. 여러분은 지금까지 겪어 본 어떤 여행과도 다를 여행에 방금 나섰습니다. 이 여행은 놀라운 영적 스승 데이비드 호킨스 박사의 특이한 일대기로 시작됩니다. 신체운동학 기법으로 의식의 수준에 척도를 설정한 연구로 가장 잘 알려져 있는 그는 어떤 진술이 진실인지 거짓인지를 밝혀내는 데 쓸 수 있는 강력한 도구를 발견했습니다. 진술에 대한 의견이나 감정과는 무관하게 작동하는 도구입니다.

이 측정 체계가 가져올 파급 효과는 엄청난 것입니다.

웨인 다이어 같은 몇몇 저명한 정신적 지도자들은 먼 거리를 날아와 청중으로 가득한 호킨스 박사 강연에 여러 번 참석해 강연 내내 필기한 것으로 알려져 있습니다. 호킨스 박사는 세 살이라는 이른 나이에 자신이 역설과 미해결 의문을 붙잡고 씨름할 삶을 타고났다는 것을 문득 깨달았습니다. 구도 과정에서 그는 천국과 지옥을 모두 경험했지만, 나름의 격변기를 거친 끝에 진정한 깨달음을 얻었습니다.

호킨스 박사는 이 책 속에 생생히 살아 있으면서, 머리가 아니라 가슴으로 경청할 준비가 된 사람들에게 그의 깨달음의 길이 지닌 에너지와 지혜를 전달하는 데 전념합니다. 그의 가르침을 따를 때는 이 책을 읽는 것 자체가 마음을 초월하는 일임을 이해하는 것이 중요합니다. 호킨스 박사가 개척한 의식 수준 체계의 관점에서 보면, 책을 읽거나 그저 에너지가 더 높은 의식과 함께하기만 해도 우리의 에너지와 우리 영혼의 여정이 심대한 영향을 받습니다.

처음에는 여러분의 마음이 그가 말하는 개념을 비록 완전히 이해하지 못할 수도 있지만, 안심하세요. 여러분의 영혼은 모든 말을 이해합니다. 호킨스 박사의 연구에 따르면, 자료를 읽기만 해도 우리의 에너지와 영적 성장 경험이 긍정적인 영향을 받을 수 있습니다. 그러니 이 책을 반복해서 자주 읽기를 권합니다. 그렇게 하다 보면, 분명히 더 높은 수준의 의식에서 비롯한 지혜와 통찰이 개화하고 있음을 느끼게 될 것입니다. 때로는 호킨스 박사의 말이 마음으로는 완전하게 짜맞출 수 없는 직소 퍼즐처럼 느껴지겠지만, 그럴 때마저도 에너지 수준에서는 수행이 이루어지고 있습니다. 에고/마음이 고전苦戰하는 가운데 영혼이 날아오릅니다.

1장

깨달음의 여행을
시작하려면

The Highest Level
of Enlightenment

아래는 2003년 캘리포니아주 산 후안 카피스트라노시에서 개최된 워크숍의 강연에서 발췌한 것입니다.* 호킨스 박사는 단순한 한 번의 삶을 넘어서는 것으로 보이는 자신의 여정을 공유하며 이야기를 시작합니다.

* * *

즉각적으로 신을 접하는 길 한 가지는 아름다움을 통

---

* 『데이비드 호킨스의 지혜』는 여러 강연과 워크숍에서 발췌한 내용을 담고 있는데, 이때의 워크숍 강연도 포함된다. 이러한 이유로 『가장 높은 깨달음을 향하여』와 일부 내용이 중복된다.

하는 것입니다. 내가 어렸을 때 성공회 대성당에서 신을 발견한 것도 아름다움을 통해서였습니다. 거기서 나는 주교의 복사服事이자 보이 소프라노였습니다. 이번 생의 경험 몇 가지를 간략히 이야기할 것인데요, 그러면 나의 괴이한 면이나 이상한 행동도 좀 설명될 것입니다. (웃음)

그 시작은 세 살 때 무nothingness에서 빠져나온 것이었습니다. 이전 생에서 궁극의 실상이라고 믿었던 공空, void의 무의식oblivion에서 빠져나왔습니다. 나는 불교의 구도자로서 여러 생 동안 부정否定, negation의 길을 걸었고, 몸을 벗어나면 무로 들어가곤 했습니다. 궁극의 실상이 공이라고 믿으면 공을 얻게 되니까요. 공이 실제라면 거기서 머물 수 있겠지만, 공은 실세가 아니니 놀아와야 합니다. 그래서 나는 세 살 때 공에서 빠져나오며 '쿵!' 하는 충격과 함께 문득 내가 실재existence한다는 것을 깨달았습니다. 유모차에 누워 있는 작고 하찮은 육체로서 존재함을 깨달은 것이 아닙니다. 육체는 싫었고 마음에 안 들었지만, 실재한다는 의식이 있었습니다. 실재한다는 것에 충격적으로 직면했습니다. 그건 마치 궁극의 진실이 공이 아니라고 반박당하는 것 같았습니다. 내가 실재하게 되었으니까요.

그리고 실재하게 되자, 실재하지 않음nonexistence에 대한 두려움이라는 난제가 곧바로 들이닥쳤습니다. 내가 실재하게 되었다면, 내가 실재하게 되지 않았을 수도 있었겠다는 생각이 들면서, 실재하지 않음에 대한 두려움이 갑자기 생겼습니다. 이것이 바로 이번 생의 양극성, 이원성, 상반성이자 난제였습니다. 이 난제를 해결하는 데 50년이 걸렸습니다. 궁극의 실상은 모두있음allness일까요, 아무것도없음nothingness일까요? 의식 수준 850에서 저절로 해결되는 이 의문이 당시에 내가 직면한 것이었습니다.

그래서 다른 애들이 뭐 하고 놀지를 고민할 때 나는 '실재함 대 실재하지 않음'에 대해 고민했습니다. (웃음) 애들이 스틱볼*을 할 때 나는 플라톤, 아리스토텔레스 같은 위대한 철학자들의 책을 읽었습니다. 지금도 집에 '서양의 위대한 책들Great Books of the Western World'이 다 있고요. 서양의 위대한 책들에 심취하는 사람은 무엇이 진실이고 어떻게 하면 진실을 알 수 있을지가 궁금한 것입니다. 지금까지 출현했던 위대한 사상가나 철학자의 저서

---

* 미국에서 아이들이 막대기와 작은 공으로 하는 야구와 비슷한 놀이

들을 집대성한 '서양의 위대한 책들'의 의식 수준을 측정하면 468이 나옵니다. 즉 지성에 갇혀 있습니다. 이 사실은 종교와 과학, 영성과 과학 사이의 간극을 메우려고 할 때 문제가 됩니다. 과학이 거기까지만 도달할 수 있기 때문입니다. 의식 수준을 측정해 보면 과학이 400대에 갇혀 있다는 사실을 알게 됩니다. 아인슈타인은 499였습니다. 프로이트도 499였습니다. 아이작 뉴턴도 499였습니다. 그것이 지성이 도달할 수 있는 한계입니다.

어릴 때 나는 아주 독실했기 때문에 양심의 가책에 시달리곤 했습니다. 죄짓는 것을 엄청나게 두려워했지요. 신부님이 죄란 우리 영혼에 생기는 얼룩과 같아서 보이지 않는 스크린 같은 것에 생기지만 하느님께는 보인다고 했습니다. 그건 나에게 편집증을 일으키고도 남을 말이라 (웃음) 고해성사를 하러 가곤 했습니다. 알다시피 고교회파 성공회High Episcopal는 천주교와 많이 비슷합니다. 나는 토요일 오후에 있던 고해성사에는 되도록 늦게 참석했고, 다음 날에는 되도록 일찍 지내는 미사에 참석했습니다. 고해성사와 영성체 시간 사이에 죄를 지으면 안 되었으니까요. (웃음) 토요일 오후 4~5시 사이에 고해성사를 마친 다음에 일요일 아침 첫 영성체 시간인 7시까지 12~14시간 동안만 잘 버티면 죄를 피할 수 있는 거죠. (웃음)

그 시간 동안은 생각을 감시하면서 아주아주 조심해야 했는데, 생각을 통제하려고 하면 어떻게 되는지 알 겁니다. 녹색 낙타를 생각하지 않으려고 애쓸수록 어떻게 되는지 말이에요. 5분 동안 녹색 낙타를 생각하지 않을 수 있는 사람이 있다는 얘기는 못 들어봤습니다.

아무튼 그렇게 죄를 피하곤 했는데, 한번은 교회에 가는 길이었습니다. 우리 집의 차가 1929년형 포드 모델 A였는데, 차 지붕을 떼어 놓은 상태였습니다. 교회에 다 왔을 즈음에 10미터 크기 옥외 광고판에 걸린 잰슨Jantzen 수영복 광고가 보였습니다. 육감적 몸매의 10미터짜리 금발이 누워 있더란 말이죠. 하느님 맙소사. (웃음) 열네 살 소년들이 다 그렇듯이 테스토스테론 때문에 광분하던 판에, 10미터짜리 잰슨 수영복 광고는 죄지을까 봐 공포에 떨게 하고도 남는 것이었습니다. (웃음) 그날 아침에 나는 떨리는 마음으로 영성체를 했습니다. 벼락에 맞을지도 모른다고 생각했죠.

15

이렇게 신에게 두려움을 느끼는 것은 신의 진실을 알지 못하기 때문입니다. 신이 극도로 자기중심적이어서 전횡을 일삼는 자라면 두려움을 갖는 편이 분별 있는 것이겠죠. 더욱이 그런 신의 개념이 오래된 기성 종교에서는 지배적인 것이었습니다. 종교 기관이 대중을 통제할 막강한 권력을 업고 계속해서 사람들을 공포에 떨게 했습니다. 신이 궁극의 위협 수단이었습니다. 궁극의 악랄함이 있는, 사실상 악마적이고 사악하고 보복하고 질투하고 편집증적이고 불안정하고 불안해하는 신이 구약성경에 나오는 신입니다. 그는 편애하는 인간들이 있어, 여러분이 거기에 속하지 않는다면 신이 도와주시길 바란다God help you if*라고 말하고 싶지만……. (큰 웃음)

* * *

열두 살 내지 열네 살 때, 위스콘신주에서 가장 긴 경로

---

* 'God help you if~'는 '~하면 신이 도와주시길'이 아니라 '~하면 큰일 날 줄 알라.'라는 관용적 의미가 있어, 저자는 '여러분이 거기에 속하지 않는다면 큰일 날 줄 알라.'고 농담한 것이다.

로 신문 배달을 했습니다. 자전거로 외딴 시골길을 30킬로미터쯤 달려야 했죠. 한번은 영하 10도에 눈보라가 몰아치는 날씨 속에서 신문이 몽땅 날아가 버렸습니다. 칠흑같이 어두운데 집에 도착할 시간은 한참 지나 있었고, 집에서 한참 먼 곳에 있었습니다. 그런 참인데 자전거가 빙판길에 넘어지는 바람에 신문이 어둠 속으로 날아가 버린 겁니다. 그래서 나는 울음을 터뜨렸고 좌절했습니다. 그러고는 '눈더미를 파고 들어가야겠다.'고 생각했습니다. 1월 말의 위스콘신주에서는 눈 쌓이는 높이가 3미터는 되기 때문에, 나는 눈더미에 구멍을 파고 들어갔습니다. 얼어붙은 표면을 깨고 안으로 기어 들어간 겁니다.

갑자기, 너무나 놀라운 상태가 나를 압도했습니다. 그 상태를 너무 많이 생각하고 싶지는 않네요. 그러면 그 상태가 다시 시작되니까요. 무한한 존재presence의 평화로움이 강하게 느껴졌습니다. 그것은 사랑의 본질과도 같았습니다. 개인적인 자아는 남김없이 사라졌습니다. 나라는 것that which I am과 다르지 않은, 이 무한한 존재의 총체성totality만 있었습니다. 작은나self*가 곧 이 존재의 큰

---

* 원문의 'self'를 대아와 대비하여 불교 용어이자 철학 용어인 '소아小我'로 보고 '작은나'로 옮겼다.

나Self*, 모든 시간이 시작되기 전부터 있었고 모든 시간이 끝난 후에도 있는 것이었습니다. 모든 우주 이전과 모든 우주 이후에도 그것은 있습니다. 완전히 비언어적인 상태였습니다. 모든 시간을 초월하여 그 존재와 하나라는 앎knowingness이었을 뿐입니다.

그리고 이 상태가 영겁 동안 지속되었습니다. 시간을 초월한 상태는 시간 개념상으로 측정될 수가 없습니다. 그리고 그 상태가 무한히 긴 기간 동안 지속되었습니다. 세속의 개념상으로 무한한 것이죠. 그런 상태가 끝나고 보니 아버지가 내 발을 흔들고 있었습니다. 아버지는 내가 얼어 죽을까 봐 겁을 냈습니다. 나는 아버지가 죽음이 있다고 믿는디는 깃을 알았습니다. 그래서 내가 육체로 돌아오지 않으면 내가 죽었다고 생각하고 대단히 슬퍼하실 것임을 알았습니다. 그래서 아버지에 대한 사랑 때문에 육체로 돌아왔습니다.

그로부터 세월이 좀 지난 뒤인 어느 날 혼자 숲속을 걷다가, 모든 시간을 통틀어 인류 전체가 겪어 온 모든 고통

---

* 원문의 '대문자 S로 시작하는 Self'를 불교 용어이자 인도 철학 용어인 '대아大我'로 보고 '큰나'로 옮겼다.

에 대한 완전한 앎이 내게 생겼습니다. 설명할 길이 없는 어떤 앎이 생기면서 믿기지 않는 충격적인 것에 직면했습니다. 모든 인간의 모든 고통을 목격했습니다. 휴, 세상에. 그 순간 나는 무신론자가 되었습니다. 그 시절에는 신을 믿는다는 것이 곧 신이 모든 것을 창조했다고 믿는 것이 었으니까요. 발톱무좀균도 창조했다고 믿었습니다. (웃음) 그러니 신은 악당이자 모든 것의 창조자로서 그 모든 끔찍하고 섬찟한 고통 또한 창조한 것입니다. 나는 그런 신의 존재를 믿을 수가 없었습니다. 이 개체entity는 이미 진실에 헌신하고 있었기에 그런 신은 진실이 아님을 인지했습니다. 하지만 이해가 깊지 못했던 나는 내가 목격한 것이 인간 에고의 창조물이라는 것을 깨닫지 못하고 그것을 신의 탓으로 돌렸습니다. 매일 밤 뉴스에서 여전히 벌어지는 일들을 말이죠. 신은 왜 그런 일이 내 아이에게 벌어지게 했을까? 왜 버스에 치이도록 놔두었을까? 그렇지 않습니까? 카르마에 대해 아무것도 모르면 그렇게 볼 수 있습니다.

무신론자가 된 이후로는 정신분석을 통해 진실을 탐구했습니다. 아주 놀라운 정신분석을 받기도 했습니다. 세계의 위대한 철학 책과 위대한 문학 작품을 죄다 읽고, 선禪이나 기타 여러 가지 것에 관한 책도 읽었지만 오히려 절망감이 깊어져만 갔습니다. 삼십 대 중반쯤에는 상태가 더욱 심해져서, 핵심적이고 본질적인 진실에 도달해야겠다는 강박에 사로잡혔습니다. 그런 진실이 존재하든 존재하지 않든 상관없었고, 그것을 더 이상 신이라 부르지도 않았습니다. 그것에 도달할 수 없다면 삶을 살아간다는 것은 의미가 없었습니다. 그런 삶은 멍청한 행동주의나 조건화된 반사 행동과도 같았습니다. 그것에 도달하지 못한다 해도 살아갈 수는 있었지만, 그런 삶에는 깊이 있는 진정한 의의가 전혀 없었습니다. 인간의 존재에 관해 어떤 핵심적 진실을 찾아낼 수 없다면 말이죠. 순간순간을 위해서만 사는 것은 동물적인 삶일 뿐입니다. 그런 고생을 하는 것이 무슨 소용이 있을까요? 지금 그만두는 것이 낫죠.

핵심에 도달하고 근저에 도달하고자 하는 충동이 계속 있다가 삼십 대 중반에는 그것이 강박이 되었습니다. 그래서 그것을 좇아 애쓰고 애쓰고 애쓰다가 결국에는 암울한 절망의 내적 핵심에 도달했고, 그런 뒤에는 눈더미 속에서 경험했던 것과는 정반대의 것이 닥쳤습니다. 낮은 수준의 지옥들을 경험하게 된 것입니다. 그보다 높은 수준의 지옥들도 끔찍하긴 했습니다. 대다수 사람이 지옥이라고 생각하는 것이 이 높은 수준의 지옥들입니다. 초보자를 위한 것이고, 지옥이라고 할 수도 없습니다. 혀가 찢겨 나가는 등의 고문을 받는 것은 아무것도 아니라는 말입니다. 그보다 낮은 지옥에서는 더욱 안 좋아지기 시작해서, 지옥의 구렁텅이는 지고의 천국처럼 형상이 없습니다. 높은 지옥의 형상과 끔찍하고 공포스러운 것을 지나 낮은 지옥에 이르면, 어떤 앎이 있을 뿐입니다. 단테가 알았던 것이죠. 단테가 그것을 어떻게 알았는지 모르겠습니다. '이 지점부터는 모든 희망을 영원히 포기하라.'는 앎이 생기고, 그런 다음 진짜 심연으로 들어갑니다. 시간을 초월한 영겁의 괴로움, 영혼의 괴로움에 빠져듭니다. 그리고 이 영혼의 괴로움이라는 심연에는 거기서 벗어날 수 있다는 희망이 전혀 없습니다. 벗어날 방법이 전혀 없습니다.

이런 심연 속에서 이 열렬하고 헌신적인 무신론자가 "신이 존재한다면 도움을 청합니다."라고 말했습니다. 그런 다음 의식을 잃었다가 깨어났습니다. 시간이 얼마나 지났는지는 모릅니다. 하루 이틀쯤이었는지 여섯 시간이 었는지 전혀 모릅니다. 그 사이에 모든 것이 정반대로 바뀌었습니다. 어떤 사람person도 남아 있지 않았습니다. 지금 말하고 있는 사람person은 전혀 존재하지 않습니다. 사람들이 "무슨 얘기를 하실 거죠?"라고 묻지만 내가 어떻게 알겠습니까? 내 말을 내가 들어봐야 알죠. (웃음) 우리가 어디로 갈지, 무슨 말을 할지를 결정하는 중앙 통제 장치 같은 것은 전혀 존재하지 않습니다. 그 모든 일은 장 전체가 가져오는 결과로서 벌어집니다.

내면에 있는 존재presence의 실상은 절대적 침묵입니다. 모든 것이 사발석으로 움직이고 말하고 행동합니다. 보다시피 이 몸은 스스로 움직입니다. 어떤 개인과도 아무 관련이 없습니다. 사람들이 이 몸과 대화하는 것은 그것이 이 세상의 방식이기 때문입니다. 이 몸은 자연발생적으로 움직입니다. 모든 것이 저절로 일어납니다. 모든 것이 저절로 말해지고 있습니다. 모든 것이 완전히 침묵하는 앎에서 나옵니다. 모든 것이 그 나름의 잠재 상태potentiality가 표출되는 방식입니다. 이와 같은 것이 지금 여러분에게 말을 하고 있습니다. 영적 고전古典에서 말하는, 스승의 푸루샤Purusha*가 지닌 영지gnosis**는 내면의 존재presence가 육체를 통해 자연발생적으로 표출되는 것입니다.

이 자리의 모두가 영적 진보에 관심 있기 때문에, 모든 사람의 의도를 가속화할 수 있다고 여겨지는 것들을 이야기하려고 합니다. 의식의 수준에 대해 이야기할 때 알게 되겠지만, 가장 큰 장애는 인과관계라는 개념과 관련이 있습니다. 우리 문명을 특징짓는 의식 수준은 지성의 영역인 400대이고, 지성은 전적으로 인과관계라는 개념에 바탕합니다. 저것을 유발하는causing 이것이 있다는 생각입니다. 따라서 인과관계라는 환상을 넘어서면 500대에 진입할 수 있습니다. 500대에서는 모든 일이 전체가 가져오는 결과로서 일어나는 것임을 봅니다. 아무것도 어떤 것을 유발하지 않습니다. 그럼 아무것도 어떤 것을 유발하지 않는다면, 그 어떤 것은 어떻게 현재와 같이 되었을까요?

---

* 고대 인도 철학에서 '우주적 영혼' 또는 '순수한 의식'을 의미하며, 변하지 않는 영적 본질로 모든 생명과 의식의 근원으로 간주된다.

** '지식'을 뜻하는 그리스어 명사로 그리스-로마 세계의 다양한 헬레니즘 종교와 철학에서 사용되었고, 이후의 영지주의에서는 '영적 지식'을 의미한다.

그 답 대신에, 사람이 알 수 있는 가장 높은 수준의 진실을 이야기하겠습니다. 모든 일은 장場의 무한한 파워가 가져오는 결과로 자연발생적으로 스스로 벌어지고 있습니다. 장의 내용이 있고, 장이 있습니다. 파워는 장의 것입니다. 신의 존재는 거대한 전자기장과 같아서, 그 엄청난 파워가 우주 전체, 모든 원자, 모든 분자를 한데 모아 둡니다. 그것의 거대함과 그 파워는 상상을 초월합니다.

따라서 이 장이 모든 창조물을 지배합니다. 따라서 모든 것이 장의 파워에 좌우됩니다. 영은 여러 생에 걸쳐 — 사실은 영겁에 걸쳐 — 진화하면서, 영적 의도와 결정을 통해 배우고 익힙니다. 영적 의도는 자석과 같아서, 크거나 작은 강노가 있고, 이러하거나 저러한 극성이 있고, 이런 부정성이나 저런 긍정성이 있습니다. 그래서 영의 영적 의도가 사람의 카르마적 유산을 지배하고 설계하고, 나아가 결정합니다. "나는 카르마를 믿지 않는다."고 하는 사람들이 있는데, 알아 두세요. 당신 그대로가 당신의 카르마입니다. 또한 당신이 지금 보는 바가 바로 당신의 카르마입니다.

* * *

    호킨스 박사가 여러분에게 자신의 놀라운 삶을 공유하며 이원성, 장, 카르마 등의 개념을 언급했습니다. 이런 개념 중 일부는 여러분이 처음 접하는 것일 수도 있고 그의 가르침과 관련된 다른 의미를 띨 수도 있는데, 호킨스 박사가 앞으로 각 개념에 대해 훨씬 더 자세히 논할 것입니다.

    다음 장에서는 호킨스 박사가 강력한 영적 도구인 의식의 지도®를 자세히 설명할 것입니다. 이 지도를 어떻게 만들게 되었는지, 어떻게 사용하면 이 지도가 여러분의 영적 여정에 가장 도움이 될지 이야기할 것입니다.

2장

의식의 지도를 알면

The Highest Level
of Enlightenment

호킨스 박사는 근육 테스트나 신체운동학 기법이라고 부르는 것을 활용해 광범위한 연구를 수행한 다음, 의식의 지도를 만들어 냈습니다. 이 지도는 의식 속 현상, 감정, 인식, 마음가짐, 세계관, 영적 신념 등의 수준을 나타내는 눈금이 매겨져 있습니다. 그리고 각 눈금에는 그 상태 고유의 에너지를 반영하는 수치가 부여되어 있습니다.

눈금은 낮은 에너지 수준인 20에서 시작하여 인간의 에너지 수준 중 가장 높은 1,000까지 도달합니다. 이 의식 척도의 결정적 반응 지점은 200으로, 진실성 및 용기와 관련되는 수준입니다. 수치심, 비탄, 무의욕, 죄책감, 두려움, 욕망, 분노, 자부심 같은 200 이하의 모든 상태는 에너지를 고갈시키며, 존재하기 위해 포스force를 필요로 합니다. 반면에 척도상에서 200

이상인 용기, 중립, 자발성, 받아들임, 이성, 사랑, 환희, 평화, 깨달음은 생명을 유지해 주고 영적으로 힘이 되어 주는 파워에 기반한 상태입니다.

더 읽기 전에, 이 지도가 어떻게 만들어졌으며 호킨스 박사의 연구 결과를 입증하는 데 사용된 방법론은 어떤 것인지 알아 두는 것이 좋습니다. 현재는 잘 정립된 과학으로 간주되는 근육 테스트나 신체운동학 기법은 자극에 대한 근육 반응을 검사하는 것에 기초합니다. 1970년대 초 조지 굿하트 박사가 처음 연구하고 이후 존 다이아몬드 박사가 더욱 폭넓게 적용한 이 기법은 신체가 유해한 자극에 노출될 때 근육이 순간적으로 약해진다는 사실을 명확하게 보여 줍니다.

테스트 절차에 들어가려면 두 사람이 필요합니다. 한 사람은 피험자 역할을 하여 한 팔을 지면과 평행하게 옆으로 뻗습니다. 다른 사람은 그 뻗은 팔의 손목을 두 손가락으로 누르며 "저항!"이라고 말합니다. 그러면 피험자는 내리누르는 압력에 힘을 다해 저항합니다. 이렇게 하는 것이 기본 절차입니다.

진술은 어느 쪽이든 할 수 있습니다. 그리고 그 진술을 피험자가 마음에 품고 있는 동안 시험자는 피험자의 손목을 두 손가락으로 눌러 팔의 근력을 시험합니다. 진술이 부정적인 내용이거나 거짓이거나 200 미만의 것을 반영하는 것이면 피험자의 팔 근육은 약해집니다. 그러나 진술이 긍정적인 내용이거나 '그렇다'로 답이 나올 만한 것이거나 200 이상으로 측정되는 것이면 피험자의 팔 근육은 강해집니다.

진실 또는 거짓을 확인하기 위해 질문을 서술문의 형태로 작성해야 한다는 점에 유의합니다. 예를 들어 당신이 서른다섯 살이라면 "나는 서른다섯 살이다."라고 말하고 누가 당신의 뻗은 팔을 누르게 합니다. 그러면 팔심이 순간적으로 강해질 것입니다. 하지만 "나는 서른여덟 살이다."라고 말하며 팔을 누르게 한다면 팔심이 순간적으로 약해질 것입니다. 또한 두 사람 다 개인적 감정 없이 냉철하게 테스트에 임해야 한다는 점에 유의합니다. 소음 등 주의를 산만하게 하는 것을 피합니다. 안경, 모자, 장신구, 손목시계(특히 전자 시계)를 벗습니다. 그리고 당면한 문제의 진실을 알고자 하는 열망을 갖고 있어야 합니다.

이 테스트 방법은 너무 단순해 보입니다. 그리고 사실 그 취지는 단순합니다. 인간의 에고가 일을 복잡하게 만드는 것을 너무 좋아할 뿐입니다. 호킨스 박사는 29년 이상 신체운동학을 사용한 실증적 연구를 해 왔습니다. 그가 명료하게 이야기하겠지만, 이 측정 기법은 매우 강력하여 우리 삶의 모든 영역에서 분별력을 얻는 데 유용할 수 있습니다. 여러분에게 요구되는 것은 진실성, 그리고 진실을 알고자 하는 열망뿐입니다.

*　*　*

인간은 장구한 세월 동안 분투해 왔습니다. 나침반 없이 항해해야 했던 오랜 세월 동안 수많은 배가 침몰하고 수많은 선원이 바다 밑바닥에서 죽은 것을 생각해 보세요. 이것이 인류가 견뎌 온 패러다임입니다. 진실과 거짓을 구별할 능력이 없었기에 인간은 계속 발을 헛딛는 실수를 해 왔고 양과 늑대를 구별하지 못했습니다. 그리스도는 양의 탈을 쓴 늑대를 조심하라고 했습니다. 하지만 신체운동학을 가르쳐 주거나 어떤 양의 탈 속에 늑대가 있는 것인지 분별하는 법을 알려 주지는 않았습니다.

우리는 역사상 처음으로 진실과 거짓을 구별할 기법을 발견했습니다. 너무 충격적인 발견이어서, 나는 한동안 그것으로 뭘 해야 할지를 몰랐습니다. 그런 뒤에 우리는 수천 번의 실험으로 기법을 검증하는 일에 들어갔습니다. 대규모 강연 참석자들과 함께 검증하고 여러 연구 그룹과 함께 검증했습니다. 그리하여 의식의 여러 수준에 눈금을 매기기에 이르렀고, 그것이 현재는 의식의 지도®

라는 이름으로 잘 알려져 있습니다. 우리는 사람을 강하게 만들거나 약하게 만드는 것들에 대해 의식 척도상의 숫자로 눈금을 매길 수 있다는 사실을 발견했고, 결국에는 1에서 1,000까지의 의식 척도를 만들어 모든 것의 진실 수준을 측정할 수 있게 되었습니다.

나는 이 모든 것에 대해 알다시피 30년 동안 아무 말도 하지 않았습니다. 이해 가능한 방식으로 제시할 수 있어야 하고, 전통적인 영적 수행이나 가르침 또는 신념 체계와 연관시킬 방법이 있어야 한다는 문제가 있었습니다. 그래서 신체운동학에 바탕한 방법으로, 지성을 평범한 두뇌와 연결하고 영적 실상과도 연결할 사다리를 만들어냈습니다. 물론 지성에 사로잡힌 사람은 지성을 넘어설 수 없습니다. 실제로 세계 인구의 4퍼센트 정도만이 지성의 장벽인 400대 수준을 넘어섭니다. 한편으로 지성은 인류의 위대한 구세주입니다. 서구 문명을 위해서는 확실히 그랬습니다. 하지만 그런 뒤에 지성은 영적 알아차림을 가로막는 장애물이 됩니다.

우리는 신체운동학으로 의식 수준에 눈금을 매길 수 있다는 사실을 발견한 뒤 1에서 1,000까지의 척도를 만

들었습니다. 그래서 어떤 것의 에너지가 어느 정도인지 특정 숫자로 측정할 수 있게 되었습니다. 이 임의의 척도를 구성하는 1에서 1,000까지의 숫자가 로그값을 나타내게 된 것은 파워의 크기 증가가 너무 가파르기 때문입니다. 그래서 그 크기의 로그값을 취해야 했습니다. 또한 우리는 척도상에서 팔을 강하게 만드는 것이 어떤 것들인지 찾아냈습니다.

이 연구는 누구나 집에서 할 수 있습니다. 예를 들어 1에서 5까지로 척도를 정해 놓으면 어떤 것이 2나 3이나 4에 해당하게 됩니다. 이렇게 누구나 자신만의 척도를 구성할 수 있습니다. 많은 연구를 통해 우리가 개발한 척도는 온도의 척도처럼 아주 유용합니다. 신체운동학적으로 팔을 강하게 만드는 모든 것은 200 이상으로 측정되고, 팔을 약하게 만드는 모든 것은 200 미만으로 측정됩니다. 이 사실에 기초해 어떤 것이 진실의 척도상에서 100이나 200이나 300 이상인지를 알아보면 갑자기 팔이 강해지거나 약해지는 것입니다.

우리는 상당한 기간에 걸쳐 대규모 집단들을 대상으로 실험하여 이 1에서 1,000까지의 의식 척도가 매우 신뢰할 만하다는 것을 확인했습니다. 이 척도상에서 200 이상으로 측정되는 모든 것은 참이거나 진실하거나 생명에 힘이 됩니다. 반면 진실하지 않은 것, 거짓인 것은 팔을 약하게 만들고 200 미만으로 측정됩니다. 이렇게 나눌 수 있게 되자 지극히 유용했습니다. 청중 앞에서 뭘 들고 있기만 해도 측정이 가능했습니다. 그래서 청중을 2인 1조로 나누어 실험에 참여시키곤 했습니다. 청중이 1,000명이면 500쌍으로 나누는 것입니다. 한 사람은 피험자, 한 사람은 시험자의 역할을 맡아 피험자의 태양신경총solar plexus* 위에 여러 가지를 쥐고 있게 합니다. 아니면 우리가 무엇을 들고 청중이 그것을 바라보게 합니다.

청중이 바라보게 하는 방식의 실험을 한번은 한국에서 했습니다. 신체운동학 기법을 가르치는 중이었는데, 참석자 규모가 컸습니다. 시험자가 무엇을 제시할지는 나도 몰랐고요. 먼저 사람들을 여러 쌍으로 나눈 다음, 문박사가 어떤 녹색 채소가 든 봉지를 들어 올렸습니다. 우리는 모두 그것을 바라보았고 모두 팔심이 강해졌습니다. 그런 다음 그녀가 똑같이 생긴 다른 녹색 채소 봉지

* 복부 중심부의 복잡한 신경망. 복강신경총(celiac plexus)이라고도 한다.

를 들어 보이자 모두가 그것을 보고 팔심이 약해졌습니다. 내가 "안에 뭐가 들어 있죠?"라고 물으니 그녀는 "첫 번째 것은 유기농 양배추이고, 두 번째 것은 농약으로 키운 것입니다."라고 했습니다.

이렇게 신체적 접촉 없이 의식 자체를 통해 접촉하기만 해도, 즉 무언가를 마음에 떠올리기만 해도 신체운동학 기법으로 그것을 측정할 수 있습니다. 예를 들어 "이것은 200 이상이다." 또는 "이것은 200 미만이다."라고 말하는 것입니다. "빈 라덴은 200 이상이다." 또는 "200 미만이다."라고 말할 수도 있고, "사담 후세인은 200 이상이다." 또는 "200 미만이다."라고 말할 수도 있습니다. 다시 말해 어떤 것을 마음에 떠올리기만 하면 그것이 어느 시간상, 어느 공간상에 존재하는 것이든 다 측정할 수 있습니다.

이런 측정이 의식에 대해 잘 모르는 사람들에게는 마술처럼 보일 것입니다. 하지만 의식이 모든 경험을 지배하고 모든 삶을 지배하고 모든 결정을 지배하며 우리가 경험하는 삶의 모든 것을 지배한다는 사실을 깨닫고 나면 이것은 놀라운 일이 아닙니다. 형상form에 대한 뉴턴식 패러다임 속에서 사는 사람들은 인과관계를 보고 있고 아주 제한된 세계를 보고 있기 때문에 상당히 놀라워할 수 있습니다. 하지만 그들은 형상의 세계와 포스의 세계를 보고 있는 것이고, 실재와 생명은 파워에서 나옵니다.

즉 생명이 생겨나는 무한한 실상은 전통적으로 신이라고 불러온 무한한 파워입니다. 사람들은 거북하게 느껴진다는 이유로 신이라는 용어를 못 쓰게 하고 싶어 하지만 말이죠. 나는 사람들이 신이라는 용어를 거북해하는 것이 거북합니다. 신성divinity이라고 하면 덜 불쾌하게 들리겠죠. 아무튼 의식의 무한한 장이 존재하며, 이 사실은 고등 물리학으로도 설명되어 왔습니다. 내가 보기에, 물리학의 이해가 가장 깊었던 사람은 데이비드 봄*입니다. 나타나 있지 않은 것unmanifest에서 나타나 있는 것manifest이 생겨난다는 것을 설명했으니까요. 그것이 창조 이야기의 요점인데, 이런 알아차림의 수준에 이르면 존재하는 모든 것이 어떤 무한한 파워에서 생겨난다는 것을 보게 됩니다. 존재할 수 있는 능력의 근원인 파워지요.

사람은 자신이 선형적 시간 내의 어느 지점에서 돌연히

---

* 데이비드 봄(David Bohm, 1917~1992): 20세기의 가장 중요한 이론물리학자 중 한 사람으로 꼽히며, 양자이론, 신경심리학 및 심리철학에 비정통적인 아이디어로 공헌했다.

생겨났다고 여기거나, 아니면 창조와 진화가 동일한 한 가지 것임을 깨닫게 됩니다. 존재하는 것은 무한한 파워에서 발생하는 것이 틀림없다고 인식하게 됩니다. 눈으로 보지 않고도 기정사실로 받아들입니다.

이런 것이 궁금할 수도 있습니다. "모든 것은 어떻게 생겨날까? 심지어 알아차리거나 의식하는 능력은 어떻게 생겨나는 것일까?" 답을 얻기 위해 지성을 혹사해 인과관계의 무한한 진행을 살펴볼 수도 있습니다. 물론 원인의 원인을 찾아 제1원인까지 거슬러 올라가는 것이 고전적인 방법이고요. 하지만 에고의 한계에 부딪히고 맙니다. 제1원인을 넘어서서 '제1원인이란 무엇인가?'를 묻게 되니까요. 그런 뒤에는 원인들의 부한한 연쇄에서 제1원인은 급class 자체가 다르다는 것을 알게 됩니다. 급을 올려야 하는 것이죠.

실재existence의 근원은 현 순간에 존재하는 신성이고, 실재가 연속적인 것은 신성의 존재가 연속적이기 때문입니다. 또한 사람의 실재를 끊임없이 유지시키는 것은 실재를 가능하게 하는 바탕인 장의 무한한 파워지요.

의식 수준 측정의 가치를 실감한 것은 그것을 영적 역사, 인간 공통의 경험, 심리학, 정신의학과 통합할 수 있었을 때였습니다. 또한 우리는 인간의 감정을 측정할 수 있다는 사실을 발견했습니다. 그래서 두려움의 의식 수준은 얼마인지, 우울, 무의욕, 절망, 분노, 자부심의 수준은 얼마인지를 측정했습니다. 두려움, 불안, 증오 같은 것을 정신분석에서는 비상非常, emergency 감정이라고 부르는데, 우리는 그 모두가 200 미만으로 측정된다는 것을 발견했습니다. 그렇게 부정적 감정에 눈금을 매길 수 있게 되었죠.

그런 다음 우리는 정신분석에서 안녕welfare 감정이라고 부르는 진실성integrity, 배려, 사랑, 열망, 전념, 도움되는 자세 등을 측정해 눈금을 매겼고, 그다음은 지성에 대해 측정했습니다. 지성은 실상에 대한 뉴턴식 패러다임 내에서 사물의 본질을 이해하는 능력입니다. 그런 식으로 이해하려는 것이 지성의 세계죠.

* * *

현재 미국은 세계 어느 나라보다도 높게 측정됩니다. 국가로서의 미국의 의식 수준은 421로, 현재 지구상의 어느 나라보다도 높습니다. 421로 측정되는 문명을 살펴 보면 학습, 학교, 지성, 대학, 독서, 이성, 논리, 컴퓨터, 과학을 볼 수 있습니다. 그래서 우리의 삶은 적어도 이성, 논리, 증거, 과학적 근거로 추정되는 것에 지배됩니다. 그리고 우리 사회는 무엇보다도 교육을 강조합니다. 교육이 직업, 수입, 사회적 지위 등을 결정하고 사회생활 전반에 영향을 미칩니다. 우리가 살고 있는 이 사회에서는 모든 것이 어느 정도는 우리가 받은 교육의 산물입니다.

400대는 상당히 강력합니다. 400대에서 과학이 나왔고, 현대인의 삶은 과학에 힘입은 바가 큽니다. 내가 의학에 입문했을 때는 디프테리아, 장티푸스, 소아마비 등을 치료하기도 하고 우려하기도 했던 시절이었지만, 그런 질병 대부분이 이제는 더 이상 존재하지도 않습니다. 내가 어느 전염병 병원의 책임자였을 당시만 해도 말라리아, 뇌염, 수막염 등으로 사람들이 죽었지만, 당시에 우리가 치료하던 질병들 전부가 이제는 더 이상 존재하지도 않습니다. 과학은 사회에 큰 혜택을 주는 자선가와 같았습니다. 이제는 항생제 덕분에 그런 병으로 죽는 사람이 더 이상 없습니다. 백신을 보급한 덕분에 그런 병 중 다수가 완전히 사라지기도 했습니다.

400대는 대학교와 교수의 세계입니다. 우리가 익히 알고 있는 세계죠. 사회가 500대에 이르면 어떻게 될까요? 차원이 달라지게 됩니다. 뉴턴식 이성의 수준을 벗어나 이전에는 계측할 수 없던 영성의 영역에 들어가게 됩니다. 500은 사랑의 수준입니다. 400대는 논리나 이성과 관련이 있어서 '사랑은 당신에게 좋은 것'이라는 둥, 온갖 이야기를 하지만 그런 것은 사랑이 아닙니다. 그런 것은 사랑에 대해 이야기하는 것일 뿐입니다.

* * *

인구의 4퍼센트가 도달하는 500 수준은 실제로 사랑할 능력이 있습니다. 500 수준에서 사랑은 경험적 현실이 됩니다. 사랑의 감정을 말하는 것이 아닙니다. 흔히 사람들이 사랑을 이야기할 때는 이것에서 저것으로 바뀌는 감정을 이야기합니다. '나는 당신을 사랑한다.'고 하거나 '당신은 나를 사랑한다.'고 하는데, 이런 감정은 사라질 수 있습니다. 그 사람이 더 이상 당신을 사랑하지 않을 수도 있습니다. 그 사람이 행복의 원천이었다면 이제 당신은 절망에 빠지게 될 것입니다. 그리고 물론 내리막길로 접어든 연애 관계는 종종 자살과 살인으로 이어지기도 합니다. 즉 상당히 폭력적인 반응을 불러올 수 있습니다. 그리고 사람은 언제든 상처받기 쉬워서, 그런 의미의 사랑에 빠지는 것은 자신의 행복을 외부에 의존하는 것입니다.

500대에 이르면 행복의 원천이 외부가 아니라 내면에 있음을 깨닫게 됩니다. 그래서 500으로 측정되는 사랑의 모습은 세상에서 존재하는 방식 내지는 태도로 바뀝니다. 영적인 사랑은 존재하는 방식입니다. 당신이 세상 속에서 존재하는 태도, 당신이라는 사람이 세상에 비춰지는 모습입니다. 영적인 사랑은 감정을 넘어섭니다. 감정에 좌우되지 않고 세상에 영향받지 않습니다. 상대가 당신을 사랑한다면 더욱 좋지만, 그렇지 않더라도 어쨌든 당신은 상대를 계속 사랑합니다. 그래서 나는 무슨 일이 있어도 내 고양이를 사랑합니다. 내 고양이가 갑자기 나를 사랑하지 않는다면 그건 녀석의 손해입니다. 나는 여전히 녀석을 사랑하니까요. 그리고 물론 녀석은 얼마 안 가 기분이 풀립니다. 이렇듯 500대에서 우리는 생명을 보살피는 존재가 됩니다. 500대에 들어선 사람의 에너지장은 이제 밖으로 방출되어 생명에 힘이 되어 주기 시작합니다.

흥미롭게도 의식 수준 400대의 사람들은 모두 자신의 추진력, 자신의 성과, 자신의 논리 같은 것 덕분에 자신이 생존하고 있다고 생각합니다. 하지만 그들의 생존은 단지 그들이 쿼크처럼 장에 떠 있고 그 장이 500대 이상의 인자함benevolence에 의해 유지되는 덕분입니다. 신성의 존재가 아이로 하여금 자신의 지성을 갖고 놀 수 있게 해 주는 것이죠. 겉보기에는 어른인 사람이라도 내면에는 지성을 가진 아이가 있다는 말입니다. 그 사람을 지탱해 주는 것은 장의 파워입니다. 500대에서는 뉴턴식 용어로는 설명할 수 없는 변화를 목격하게 됩니다. 환원주의* 과

---

* 복잡한 상위 단계의 현상을 그보다 단순한 하위 단계의 요소들로 나누어 규정할 수 있다고 주장하거나, 복잡한 시스템을 그 부분들의 합으로 해석하는 철학적 견해

학자는 사랑이나 기타 측정할 수 없는 것을 설명하지 못한다는 한계에 갇혀 있습니다. 근본적 환원주의 과학에서는 측정할 수 없거나 무게를 잴 수 없는 것은 실재하지 않는다고 말합니다. 물론 상당히 순진하고 터무니없는 말이지만, 정작 그렇게 말하는 과학자는 전적으로 자신의 주관적이고 경험적인 자아 속에서 살고 있습니다. 따라서 그가 우스꽝스러운 어조로 그렇게 말할 때조차, 그 말이 진실이라고 주관적으로 확신하기 때문에 그러는 것입니다. 즉 그 말은 주관적 진술입니다.

이렇듯 사람의 현실이나 현실에 대한 경험이 모두 철저히 주관적일 수밖에 없음을 알아차리게 됩니다. 그러다 500대에서는 이런 주관성이 사랑의 지표가 됩니다. 그리고 사랑은 500에서 540까지 그 파워가 점점 더 증대되어, 540에서는 무조건적인 사랑으로 바뀝니다. 즉 500은 자애롭지만 여전히 다소 조건부인 사랑이고, 540에서 사랑은 무조건적인 것이 됩니다.

이 사실이 실질적으로는 어떤 점에서 중요할까요? 예를 들어 알코올 중독에서 회복하는 것은 인류 역사를 통틀어 가망 없는 일이었습니다. 종교적 믿음에 심취하게 되었던 몇몇 사람만 예외였고요. 그중에서 빌 윌슨*은 영적 체험으로 크게 변화된 뒤 기본적인 영적 실상을 발견했고, 그것으로부터 12단계 프로그램이 탄생했습니다. 우리는 이 AA가 540으로 측정된다는 사실을 발견했습니다. 이 위대한 12단계 운동은 사람들이 인식하지 못하더라도 뒤에서 묵묵히 효과를 발휘해 미국을 상당히 변화시켜 왔습니다. 이 운동의 12단계 프로그램은 알코올 중독만 아니라 체중 문제, 자살, 우울증, 마약, 폭력 등 인간의 온갖 문제를 다루는 데 유용한데, 그 540의 에너지 장 안에서 사람들이 치유되는 것입니다.

400대의 장에서는 치유될 수 없습니다. 과학은 중독을 고칠 수 없고 사랑 자체도 사람들을 고칠 수 없습니다. 어머니가 당신을 사랑하고 아내가 당신을 사랑하고 아이들이 당신을 사랑해도 당신은 여전히 죽을 때까지 술을 마시니까요. 즉 500이나 520이나 530은 고칠 수 없습니다. 못 합니다. 더 큰 파워가 필요합니다. 우리에게 버틸 힘을 주는 것은 장의 파워입니다. 그리고 540의 에너지 장이 수많은 사람을 가망 없는 불치병에서 회복시켜 줄

---

* 빌 윌슨(Bill Wilson, 1895~1971): 익명의 알코올중독자들(Alcoholics Anonymous, AA)의 공동 창립자. www.aakorea.org 참조

수 있다는 사실은 과학적으로 검증 가능한 것입니다.

이런 일이 역사적으로 간혹 사람들에게 발생했다는 사실에 처음 주목한 사람은 정신분석가 칼 융이었습니다. 롤런드 해저드 3세라는 미국 사람이 알코올 문제로 칼 융을 찾아왔습니다. 진료를 받은 그는 한동안 회복 상태를 유지했지만 결국 재발하고 말았습니다. 그래서 다시 스위스로 가서 칼 융을 만났고, 융은 영적 알아차림이 있는 520 수준이었습니다. 칼 융이 겸손했던 것도 나중에 AA 현상을 탄생시킨 계기가 되었습니다. 그는 롤런드에게 "유감스럽지만 난 당신에게 도움이 안 됩니다. 나의 의학이나 의술은 도움이 안 됩니다."라고 겸손하게 말했기 때문입니다. 이어서 그는 이따금 이런저런 지역의 몇몇 사람들이 영적 프로그램에 들어가 회복되었다는 역사적 기록이 있다고 했습니다.

절망한 롤런드는 심각하게 우울한 상태로 귀국하긴 했지만 옥스퍼드 그룹이라는 영성 모임에 투신했고, 그 덕분에 회복되었습니다. 이 모임이 AA의 전신 격이었고요. 이때부터 강력한 영적 프로그램과 강력한 영적 진실이 실제로 육체적인 병을 치료할 수 있다는 인식이 우리 사회 전체에 퍼지기 시작했습니다. 장場이 병을 고칩니다. 장과 영적 진실에 동조하는 것이 병을 고칩니다. 이 사실을 인류와 사회가 경험적으로 알게 되었습니다. 즉 누가 봐도 절망적인 병을 치유하는 기적은 영적 파워에 의해서만 일어날 수 있습니다.

그리고 사람들은 직관적으로 그런 파워가 포스와는 다르다는 것을 알게 되었습니다. 포스는 "술을 끊지 않으면 감옥에 넣겠다."고 하는 것입니다. 하지만 평생 1만 명의 알코올 중독자 등을 치료한 내가 볼 때, 계속해서 감옥에 가두거나 차를 빼앗거나 운전 면허증을 압수하거나 아내가 떠나거나 가족이 떠나거나 직장에서 해고당하거나 하는 것 등은 모두 포스를 행사하는 것이고, 전혀 효과가 없습니다. 어떤 효과도 없습니다.

그러다 그 사람이 의식 수준 540의 장에 들어갔더니 모두가 "와, 잘 오셨습니다."라고 하며 안아 줍니다. 그랬더니 문득 그가 뭔가 다른 것을 느끼고 그 순간부터 회복에 들어가더라는 사례가 많이 있습니다. 이것이 바로 540 수준인 에너지장의 생생한 임상 시연입니다. AA의 출현 후, 보다 널리 경험될 수 있는 다른 것도 등장했습니다. 나는 늘 인간의 경험을 통해 검증되는 것을 찾고 있는데, 600으로 측정되는 *기적 수업*이 난데없이 출현했습니다. 영적인 길을 따르면 중독뿐만 아니라 다른 심각한 질병에서도 회복할 수 있다는 더 큰 규모의 현상이 입증되기 시작한 것입니다. 기적 수업은 AA와 흡사하게 성장했습니다. 즉 그룹들이 자연발생적으로 형성됩니다. 책임자가 없고, 자체 건물을 소유하지 않습니다. 영적 진실의 확산은 이 나라의 많은 사람들에게 영적 진실이란 어떤 것이며 그것이 어떤 일을 할 수 있는지, 그리고 영적 진실에 맞게 살아간다는 것은 어떤 것인지를 알려 주었고, 또한 영적 진실이 불치병을 치료할 수 있다는 것을 보여 주었습니다. 그리고 물론 기적 수업을 통해 우리는 인류에게 알려진 모든 질병에서 회복된 사람들을 목격했습니다.

하지만 그렇다고 해서 여러분이 이번 생에서 겪어야 할 카르마까지 다 무효화할 수 있다는 것은 아닙니다. 카르마는 초월할 수도 있고 그러지 못할 수도 있습니다. 그래서 카르마란 '무엇이든 그 사람이 경험하고 싶은 것'이라고 해석할 수도 있습니다. 기계론적 관점을 신봉하는 사람은 "당신의 유전자와 염색체는 뒀다 뭐하냐?"고 따지겠지만, 그러면 "그래, 좋아. 그런데 실제로는 유전자와 염색체도 카르마가 가져온 결과야."라고 받으면 됩니다. 유전자와 염색체는 카르마의 원인이 아닙니다. 카르마가 가져온 결과입니다. 인과관계를 초월하면 모든 것은 장이 가져오는 결과로서 나타나 어떤 것이 되어 간다는 사실을 알 수 있습니다. 즉 장이 가져온 결과로서 여러분이 자동적으로 선택한 특정 유전자와 염색체가 여러분이 이생에서 지니는 모든 경향이나 성향을 표출하는 것입니다. 이런 이야기는 일반적인 서양인에게는 다소 이론적으로 들릴 것입니다.

일반적인 동양인에게 카르마는 기정사실입니다. 모든 사람이 카르마에 따라 삶을 살아가기에, 일상이 되어 있는 심오한 진실 중 하나가 카르마입니다. 하지만 서구 세계는 카르마를 의식하지 못하고 있는 것 같습니다. 현실적인 영적 스승으로서 이야기하자면, 신체운동학적으로 여러분을 약하게 만드는 것은 전부 피하고 강하게 만드는 것을 추구하세요. 신체운동학적으로 여러분을 약하게 만드는 것은 실로 장구한 세월에 걸쳐 그렇게 해 왔기 때문입니다. 『베다Veda』*가 아마도 1만 년 전쯤에 생겼으니 우리가 현대의 영적 신념 체계나 종교적 신념 체계라고 생각하는 것은 1만 년쯤 된 아주 오래된 것입니다. 신의 존재에 대한 경험, 우리가 신비가의 경험이라고 부르는 그것은 오랜 옛날부터 지금까지 되풀이되어 왔지만 상대적으로 희귀한 것이기 때문입니다. 신체운동학적 측정으로 연구해 보면 1,000만 분의 1의 확률이라고 나올 수도 있습니다.

그러나 그런 경험은 자연발생적으로 갑자기 발생하며 동서고금을 막론하고 늘 똑같았습니다. 영적 실상은 결코 달라지지 않습니다. 종교들이 신념 체계 면에서 다를 수는 있습니다. 하지만 신념 체계 면에서만 다른 것입니다 종교들의 근거도 서로 다르다고 판명될 수는 없습니다. 모든 종교는 신비가로 묘사되는 존재의 주관성에서 발생하기 때문입니다. 자각을 얻은self-realized 사람들은 같은 현상을 거듭거듭 보고합니다. 단 하나의 진실만 존재하고 그것이 의식 자체로부터 표현되니, 그것은 늘 똑같을 수밖에 없습니다. 즉 위대한 아바타avatars**들, 깨달

---

* 브라만교와 힌두교의 신화적·종교적·철학적 경전이자 문헌이다.

** 신의 화신이라는 의미로, 저자는 1000으로 측정되는 붓다, 예수, 크리슈나나 여타 대단히 높게 측정되는 깨달은 사람을 가리키는 것으로 아바타를 정의한다.

음을 얻은 당대의 위대한 현자들은 늘 똑같은 것을 말합니다. 단 하나의 실상만 존재하고 다른 실상은 없기에, 진실에 거하면서 유일한 실상이 아닌 다른 것을 묘사하는 것은 불가능합니다.

이렇듯 모든 위대한 종교의 기원은 동일하지만, 그럼에도 우리는 계속해서 다양한 종교를 연구했습니다. 영화, 책, 작가, TV 프로그램의 수준도 측정할 수 있습니다. 모든 것은 영적 에너지가 더 크거나 덜한 정도를 나타냅니다. 영적 성향이 확실할수록, 즉 진실과의 정렬이 확실할수록 측정치도 높게 나옵니다.

이렇게 하여 숫자로 된 의식의 척도를 얻었는데, 이것이 지극히 유용한 것은 단순히 '그렇다'나 '아니다'로 답이 나오기 때문입니다. "이 영적 스승은 진실하며 내 삶에 꼭 필요하다."라고 말하고 '그렇다'나 '아니다'로 답을 얻습니다. "너무 이르니 아마도 이 건에 대해 더 기다려야 한다."라고 말하고 '그렇다'나 '아니다'로 답을 얻을 수도 있습니다. 이렇게 인도받기 위해 측정 기법을 활용할 수 있어, 자아를 초월하여 더 높은 영적 상태에 도달하기 위해 진심으로 헌신하는 영적 학인들은 이 기법이 아주 유용함을 알게 되었습니다.

　1,000을 척도의 최상위 수치로 사용한 것은 지금까지 지구상에 존재한 가장 높은 의식이 무엇이었는지 조사한 결과입니다. 우리는 1,000이 인간의 영역에서 가능한 한도임을 알았습니다. 인간의 신경계는 1,000을 뛰어넘는 에너지를 감당할 수 없습니다. 붓다, 그리스도, 크리슈나 등 모든 위대한 아바타 역시 1,000으로 측정되었습니다. 1,000을 넘으면 생존할 수가 없습니다. 인간의 신경계가 감당하기에는, 말하자면 전압이 너무 높습니다. 1,000에 도달하는 과정조차도 상당히 고통스러울 수 있습니다. 우리가 깨달음이라고 부르는 것은 600 수준에서 일어나는 일입니다. 600에 이르는 과정에서 사람은 먼저 조건부 사랑, 그다음에는 무조건적인 사랑에 이르면서 영적인 길과 명상을 비롯한 영적 기법에 관심을 갖게 됩니다. 그런 것을 점점 더 헌신적으로 추구하기 시작합니다. 그리고 그 과정에서, 큰 변화를 불러오는 완전히 다른 맥락에서 삶을 경험하기 시작합니다.

　매우 놀라운 상태인 500대 후반에서 사람은 모든 것의 엄청난 아름다움에 압도됩니다. 유일하게 존재하는 실상은 사랑입니다. 사랑만 존재하고, 사랑만 보이고, 사랑과 아름다움과 조화만 경험합니다. 그리고 기적이 자연적으로 일어나다가 마침내는 지속적으로 일어납니다. 많은 사람이 기적 수업을 통해 이렇게 완전히 변화되는 상태에 들어갑니다. 예를 들어 차를 몰고 시내로 들어가면서 주차할 자리를 생각합니다. 목적지에 도착하니 링컨 센터 바로 앞에 주차 공간이 딱 하나 있는데, 그 앞에 차를 세우자마자 거기 있던 차가 빠져나와 내 차가 들어갈 수 있게 됩니다. 이런 일이 생기기 시작하면 처음에는 그에 대해 뭐라고 논평을 합니다. 시간이 좀 지나면 그냥 삶 자체가 그런 식이라고 느끼게 됩니다. 삶 자체가 기적의 연속입니다. 기적이 현재진행형으로 계속됩니다. 그리고 모든 사람이 놀랍도록 아름답고 잘생겨 보이게 됩니다. 놀랍도록 매력적이게 됩니다. 사랑 속에 있습니다. 사랑에 빠지는 것이 아닙니다. 모든 것과 모든 사람에 대한 사랑 속에 있습니다. 그리고 모든 것의 아름다움과 완벽함만 볼 수 있습니다.

그런 다음 사람의 상태는 매우 높은 500대의 황홀경에 다다를 수도 있습니다. 말로 표현될 수 없는 황홀경의 상태에 들어갈 수 있습니다. 사람의 의식 속에서 눈부신 밝음 같은 것이 개막되고 황홀경이 지속됩니다. 이 시점부터는 더 이상 세상에서 정상적으로 활동할 수 없습니다. 황홀경에서는 ── 라마크리슈나가 묘사한 적 있고 나도 직접 겪었던 기억이 나는데 ── 세상에서 정상적으로 활동하는 건 단념하세요. 춤을 출 수는 있습니다. 자신의 실재 자체에서 오는 환희 때문에 강렬한 황홀경을 표출하듯 춤출 수는 있지만, 정상적으로 활동할 수는 없습니다.

이런 뒤에는 황홀경을 신에게 항복해야 합니다. 의식 수준의 각 단계를 넘어서는 길은 발생하는 모든 것을 신에게 항복하는 것입니다. 그래서 종국에는 황홀경의 상태조차도 신에게 항복해야 하고, 그런 다음 사람은 600 수준에 이릅니다. 600은 사람의 이해력을 완전히 넘어서 있는, 무한한 침묵과 지복과 깊은 평화의 상태입니다. 신의 평화는 심리적 평화나 정서적 평화를 넘어서는 것입니다. 차원이 다릅니다.

또한 이 상태에서는 먹거나 숨 쉬거나 정상적으로 활동할 필요가 없습니다. 시간의 밖에서 지복을 누립니다. 고전에서 '사트-치트-아난다Sat-Chit-Ananda'라고 부르는 상태입니다. 상황이 좋으면 육체는 결국 영양 공급을 받아 자리에서 일어나 돌아다니고 생존할 것입니다. 상황이 좋지 못하면 — 솔직히 그래도 아무 상관 없지만 — 육체는 그냥 쓰러지고 말 것입니다. 솔직히 말하자면, 이런 잠정적 상태에 들어간 사람 중 약 50퍼센트가 떠납니다.

이 상태에서 상당히 확실하게 알아차리게 되는 점 한 가지는 떠나도 된다고 허가되어 있다는 것입니다. 사실은 지금 바로 떠나도 됩니다. 허가되어 있습니다. 무엇이 육체를 유지시키게 될까요? 필요한 것도 원하는 것도 전혀 없으니 말이죠. 모든 것이 완전합니다complete. 이 상태의 지복이란 모든 것이 완전하다는 뜻입니다. 따라서 이때부터는 육체가 살아남더라도 더 이상 아무것도 필요하지 않습니다.

사람들이 "뭘 원하세요?"라고 묻습니다.

"글쎄요, 전 아무것도 원하지 않습니다."

"뭐가 필요하세요?"

"글쎄요, 전 아무것도 필요 없습니다."

어떤 것이 있으면 좋지만 그것을 꼭 필요로 하지는 않습니다. 그래서 세상과 무관합니다. 세상의 말이나 행동과 아주 무관합니다.

이 지점에서는 정상적으로 활동할 수가 없습니다. 살아남아도 대부분 세상을 떠납니다. 내가 그렇게 했습니다. 짐을 꾸리고 낡은 트럭의 짐칸에 연장 따위를 던져 넣고는 작별 인사를 하고 떠났습니다. 미국에서 가장 큰 정신병원이나 특권층의 라이프스타일 같은 것을 뒤로하고 작은 마을로 이사했습니다. 냉장고 안에 바나나 한 개, 펩시콜라 두 캔, 치즈 한 조각이 전부이곤 했지만 그래도 상관없었습니다. 뭐가 더 필요하겠습니까? 사람들이 들어와 보고는 "믹을 세 선혀 없네요."라고 하면 '먹을 게 전혀 없다니 뭔 말이지?'라고 생각하곤 했습니다. 필요한 것이 아무것도 없었으니까요. 싸구려 가게에서 간이침대를 사고 양초 세워 놓을 박스 하나를 마련하고 사과 한 개, 치즈 한 조각만 있으면 다 갖춘 것입니다.

* * *

이 장에서 호킨스 박사는 독자가 의식의 지도®와 측정 과정을 더 잘 이해할 수 있도록 설명했습니다. 특히 의식의 진화 과정에서 각 단계를 특징짓는 정서적, 영적 느낌을 흥미진진하고 생생하게 묘사했습니다. 우리도 일상생활 속에서 자신이나 주변 사람들이 무의식적으로 내리는 다양하고 끊임없는 결정들을 관찰해 보고 싶을 수 있습니다. 그리고 그런 선택의 수준이 의식의 지도®상에서 얼마로 측정될지가 궁금하다면 신체운동학적 테스트를 해 보고 싶을 것입니다.

이 강력한 도구에 대한 이해도가 높아지면 일상적으로 활용할 수도 있습니다. 예를 들어 새로 읽을 책을 살펴보다가 이 책이 소장할 만한 가치가 있는 것인지 테스트해 볼 수 있습니다. 텔레비전 프로그램도 테스트해 볼 수 있고, 기타 무수히 많은 분야에서 어떤 것이 시간을 쏟을 만한 것인지 테스트해 볼 수 있습니다. 이 기법을 연습하는 과정에서 여러분은 삶에 힘이 되어 주는 것들에 대한 감각은 키우고, 힘을 빠지게 하는 것들은 피할 줄 알게 될 것입니다.

3장

헌신적 비이원성의 길을
따르려면

*The Highest Level
of Enlightenment*

삶을 달리 경험하겠다고 마음먹은 사람에게는 이 행성 전체가 새로운 모습으로 눈앞에 펼쳐지게 됩니다. 즉 변화의 시작과 끝은 우리 삶을 강력하게 지배하고 있는 듯한 외적인 것들이 아니라 우리의 인식에 달려 있습니다.

이 장에서 호킨스 박사는 다양한 주제를 다룹니다. 먼저 믿음faith의 수준을 급상승시켜 신이나 신성에 대한 우리의 느낌을 재인식할 기회를 제공할 것입니다. 신은 분노하거나 복수심에 찬 모습으로 우리에게 수치심과 두려움과 고통을 일으키는 존재가 아니라고 설명합니다. 사실 신성은 사랑으로 공명하는 비인격적 전자기장과 같은 것으로, 모든 창조의 무한한 원천이라고 설명합니다.

또한 자신이 쓸모없고 부정확한 오해에 사로잡혀 제한적인 사고에 빠진다는 것을 깨달아, 순차적이고 선형적인 인식을 넘어설 필요가 있다고 강조합니다. 이어 파워와 포스의 차이를 설명하고 우리가 어떻게 흑과 백이나 옳고 그름 같은 양극단에 바탕한 신념 체계에 사로잡히는지도 명확히 보여 줍니다. 그리하여 바닐라 아이스크림을 사랑한다고 해서 초콜릿 아이스크림을 미워할 필요는 없다고 매우 적절하게 비유합니다.

* * *

우리 청중은 매우 진보된 의식 자체입니다. 천상계, 천국, 깨달음에 이를 운명인 사람들입니다. 그렇지 않다면 이 자리에 앉아 있지 않을 것입니다. 야구장에 있을 것입니다. (웃음) 여러분은 왜 이 자리에 있을까요? 이미 자신의 운명을 선택했기 때문입니다. 그래서 이 자리를 흥미로워하는 것이고요. 나는 여러분이 여러 겁劫의 시간을 아낄 수 있도록 하고 싶습니다.

이 거대한 전자기장에 무슨 일이 일어나고 있을까요? 그러니까, 신이 무한한 파워의 거대한 전자기장일 뿐 맡은 배역이 없고 신경증이나 정신병도 없다고 상상하는 겁니다. 즉 신이 구약성경의 신이 전혀 아니고, 모든 창조의 무한한 원천으로서의 신입니다. 나타나 있지 않은 것unmanifest에서 나타나 있는 것manifest이 생겨납니다. 창조로서 생겨나고 창조는 지속적입니다. 여러분이 목격하고 있는 것은 창조가 펼쳐지는 것이고, 여러분은 그것을 알아차리게 되어 순차적으로 인식합니다.

하지만 어떤 일도 순차적으로 일어나지 않습니다. 여러분의 인식 속에서만 순차적입니다. 주위를 돌아다니며 이렇게 저렇게 홀로그램 보듯이 본다고 해서 여러분이 그것으로 하여금 저것이 되도록 유발cause하고 있는 것은 전혀 아닙니다. 여러분이 어떤 일을 순차적으로 목격할 때 그 순차는 여러분의 목격에 있습니다. 홀로그램에 있지 않습니다. 홀로그램이 여기 있다고 합시다. 여러분이 움직이면 이것이 움직이는 것처럼 보입니다. 이해됩니까? 아동용 플립 차트*처럼 정지 상태인 그림들이지만, 페이지를 좌라락 넘기면 남자가 공을 던지는 것처럼 보입니다.

창조와 진화는 동일한 한 가지 것입니다. 상충되지 않

---

* 뒤로 한 장씩 넘겨 가며 보여 주는 차트

습니다. 전혀 상충될 수 없습니다. 진화는 창조가 스스로 펼쳐지는 방식입니다. 거대한 파워의 장이 있고 그 안에 모든 것이 담겨 있습니다. 그 안에서 실재할 잠재력 potential이 있는 것들은 에너지를 얻어 실재하며, 그 원천은 창조자인 신의 무한한 존재presence입니다. 모든 것은 현현manifestation하여 형상을 얻습니다. 형상은 고유의 잠재 상태potentiality에 따라 결정되고, 잠재 상태는 카르마적 유산에서 생겨납니다.

씨앗이 땅속에 있습니다. 씨앗에 금잔화가 될 잠재력이 있더라도 씨앗은 금잔화가 아닙니다. 그냥 땅속에 묻혀 있는 것일 뿐입니다. 씨앗이 발화하여 금잔화가 되도록 유발할cause 수 있는 것이 있을까요? 씨앗이 뭐라도 하도록 만들어 보세요. 여러분은 씨앗이 뭐라도 하도록 유발할 수 없습니다. 나는 여러분에게 금잔화가 되라고 요구합니다. 여러분이 씨앗이 뭐라도 하도록 유발할 수 없는 것은, 원인cause은 포스이기 때문입니다. 무엇을 유발하는 것causation은 포스입니다.

창조creation가 파워입니다. 약간의 햇빛과 몇 방울의 비만 있으면 씨앗의 카르마적 잠재 상태가 현현될 수 있는 조건이 제공된 것입니다. 그리고 씨앗이 금잔화가 될 수 있는 것은 오직 잠재 상태가 실제 상태actuality가 되게 할 수 있는 무한한 파워의 장 덕분입니다. 그러므로 창조는 지속적입니다.

여러분 자신의 카르마적 잠재 상태가 이 순간 펼쳐지고 있습니다. 모든 것은 실재하게 되는 것이지 어떤 것도 자기 안에 자기 실재를 창조할 파워를 갖고 있지 않습니다. 이것이 무신론자를 막는 궁극의 저지선입니다. 무신론자에게 가능한 것은 인과관계로 돌아가서 "글쎄요, 당구공은요?"라고 반박하는 것뿐입니다. 당구공은 어떨까요? 당구공 A가 당구공 B를 때리고, B는 C를, C는 D를, D를 E를 때리는 식으로 끝없이 이어질 뿐입니다.

이런 인과관계는 환상입니다. 그리고 인과관계는 에고의 핵심입니다. 과학의 핵심입니다. 법의 핵심입니다. 그리고 인과관계의 수준을 측정해 보면 460 정도입니다. 신을 포함한 이 우주 전체를 460의 의식 수준에서 설명한다? 이런, 460으로는 대학원도 못 가는 수가 있습니다. (웃음) 다윈은 어떨까요? 다윈의 진화론은 455로 측정됩니다. 인과관계에 대한 설명은 존재하는 모든 것에 대한 설명이고, 앞에서 말했듯이 인과관계는 460 정도로 측정됩니다. 모든 것이 실재하게 되는 것은 그 무한한 잠재 상태 덕분입니다.

모든 것이 현현하는 것은, 즉 잠재 상태에서 실제 상태로 나타나는 것은 장의 파워 덕분입니다. 나는 삼십 대에 이미 지극한 깨달음 경험이 있었고, 그 때문에 오랫동안 세상에 나오지 못했습니다. 그런 뒤 다시 정상적으로 활동하는 법을 익혀 세상으로 돌아가려고 노력하던 중에 신체운동학 시연을 보게 되었습니다. 그때 나는 그 방에 있던 다른 사람들이 본 것과는 다른 것을 보았습니다. 당시에는 좀 자주 그랬지만요.

신체운동학 시연을 하던 사람들은 그것이 국소적local 반응이라고 추정했지만 내 눈에는 그것이 비국소적 반응이라는 점이 너무나 명확하고 분명했습니다. 나는 그것이 우주를 나타낸다고 생각했습니다. 그것은 우주를, 무한한 전자기장을 나타내고 있었습니다.

* * *

무한한 실상은 형상이 없습니다. 내가 가르치는 길을 나는 '헌신적 비이원성devotional non-duality'이라고 부릅니다. '헌신적'이란 여러분의 사랑이 다른 무엇보다도 진실 분별에 대한 사랑의 형태를 취한다는 의미입니다. 또한 진실 분별에 의욕적이라는 의미입니다. 이원성에서 빠져나와 비이원성으로 들어가려면 아주 강한 의욕이 있어야 하니까요. 헌신의 에너지, 영감이 있어야 하고 육체의 죽음을 포함해 여러분의 모든 것을 바칠 자발성이 있어야 합니다. 죽을 필요가 있다면 죽는 것입니다.

무한한 파워의 무한한 장이 존재합니다. 이것은 형상 없는 것의 세계로, 형상 없는 것의 보이지 않는 에너지가 내재되어 있습니다. 포스와 파워가 어떻게 다르냐면, 포스는 선형적입니다. 포스는 경계가 정해져 있습니다. 분자 같은 것처럼 형상이 있습니다. 귀와 눈과 발이 있거나 뭐든 있을 수 있습니다. 구조가 있고, 형상이 있습니다. 따라서 포스는 한정되어 있습니다. 형상이 있는 것은 한정되기 마련입니다. 형상에 의해 한정됩니다. 반면 형상이 없는 것은 무한정합니다.

우리에게는 형상의 수수께끼를 풀어 줄 열쇠가 있습니다. 그것이 $E=mc^2$입니다. 이것은 형상에 한정된 포스를 말합니다. 파워는 비이원적이고 무한합니다. 파워는 한계가 없습니다. 파워에 대한 요구가 커질수록 파워는 더욱 증대되어 요구를 충족합니다. 반면에 포스는 고갈됩니다. 포스는 이곳에서 저곳으로 옮겨 갑니다. 포스는 자기의 에너지를 늘려야 합니다. 그래서 우리는 포스에 에너지를 점점 더 많이 끊임없이 공급해야 합니다. 돈, 많은 병사, 많은 신자, 그들의 재물, 그들의 생명, 그들의 노고를 투입해야 합니다. 그렇기에 세계 역사상 가장 위대한 제국이었던 로마 제국도 1000년 뒤에는 결국 쇠퇴하고 말았습니다. 금화가 바닥나고 병사들에게 여자가 귀해지면서 로마 제국은 거덜이 나 쇠퇴했습니다. 병사들이 죄다 점령지 여자들과 짝을 짓고는 전쟁 같은 거 내 알 바 아니라고 하게 되었으니까요. 이렇듯 포스는 한정되어 있습니다. 반면에 파워는 무한정합니다.

어떤 것이 진실인지 밝힐 때, 맥락을 밝히지 않고 진실을 밝히는 것은 불가능합니다. 그리고 이것이 '서양의 위대한 책들'과 역사상의 모든 위대한 철학자들이 인식론의 문제들을 전혀 해결하지 못했던 이유입니다. 그들은 이 미묘한 점을 전혀 이해하지 못했습니다. 이해하려면 객관성에서 주관성으로 옮겨 가야 합니다. 객관성이 우리를 499까지 데려갈 것인데, 거기서 주관성으로 옮겨 가는 것입니다. 신의 존재는 생각을 통해 경험할 수 있는 것이 아닙니다. 체험으로만 경험할 수 있는 것입니다. 그래서 신의 존재는 주관적인 것입니다.

시대를 막론하고 유사하게 설명되었듯이, 인간의 의식 수준은 증오의 수준으로부터 죽 올라오면 사랑의 수준에 이르고, 그런 뒤에는 깨달음의 수준에 이릅니다. 증오가 우리 몸의 장기 중 비장脾臟에 해당한다는 점에서 의식 수준은 차크라 시스템과도 대략 비슷합니다. 의식의 지도의 바닥 쪽에는 증오에 바탕하는 사람들이 있어서 미국인을 다 죽이겠다는 식의 온갖 일을 벌이곤 하는데, 이런 증오는 70 정도의 수준에서 나옵니다. 활개 치고 다니며 나라를 운영하는 자인데 측정해 보면 70 정도인 인간이 많이 있습니다. 사실 70은 코모도왕도마뱀과 비슷한 수준입니다.

"이 측정을 허락받았습니다. 코모도왕도마뱀의 에너지는 40 이상이다, 45 이상, 55 이상, 60 이상이다." 60이군요. 내게 지금 떠오른 근래의 독재자 몇은 45 수준입니다. 그들은 인간의 모습이지만 코모도왕도마뱀보다 포악합니다.

예수가 "양의 탈을 쓴 늑대를 알아보라."고 했지만 늑대는 아무것도 아닙니다. 야생에서 늑대는 약골입니다. 나는 늑대라면 언제든 상대할 수 있습니다. 하지만 코모도왕도마뱀이라면 좀 진지해질 것입니다. 현재의 일부 독재자라면 정말로 진지해질 것이고요. 코모도왕도마뱀보다 포악한 자인데, 국민들이 그에게 투표하고 그를 추종합니다. 그가 죽을 때까지 추종합니다. 코모도왕도마뱀보다도 낮게 측정되는 개체인데 말이죠. 코모도왕도마뱀이 뭘 죽이는 것은 순진하기 때문입니다. 녀석은 자기 독이 너무 강해서 상대를 물기만 하면 된다는 것을 압니다. 문다음 그냥 가만히 며칠 기다리면 박테리아 감염 등으로 죽을 것이니 그 뒤에 먹으면 되는 것이죠. 이런 것은 진짜로 포악한 의도가 아닙니다. 그냥 잡아먹고 싶은 것뿐입니다. 배가 고프니까요. 코모도왕도마뱀이 배고파 한다고 나무랄 수는 없겠죠?

그러면, 양의 탈을 쓴 늑대를 어떻게 알아볼 수 있을까요? 예수는 우리에게 그런 자들을 조심하라고 경고했습니다. 그들의 열매를 보면 그들을 알아볼 수 있다고 했습니다. 하지만 그들의 열매를 확인하고 의회에서 청문회를 하고 수사관이 출동할 즈음이면 이미 시간이 많이 지나 수많은 시민이 죽거나 처형당한 뒤입니다. 그럼 어떻게 하면 즉시 진실을 알아낼 수 있을까요?

오늘 이야기한 것이 바로 그 방법입니다. 신체운동학 테스트를 처음 봤을 때 나는 그것이 비인격적인 장의 반응임을 알았습니다. 그리고 그것은 의식 자체가 진실의 존재를 알아본다는 것을 의미했습니다. 처음에 나는 측정이 진실 대 거짓의 문제인 줄 알았습니다. 의식이 진실과 거짓의 차이를 안다고 생각했습니다. 아닙니다. 의식은 진실과 거짓을 구별하지 못합니다. 진실과 진실 아닌 것만 구별합니다. 이것은 차이가 상당히 큽니다. 의식은 진실인 것은 알아보고 진실이 아닌 것은 알아보지 못합니다. 이 덕분에 우리는 양극성에서 벗어납니다.

71

'거짓'과 '진실 아님'은 미묘하게 다르다는 것을 알겠죠? 이 덕분에 우리는 양극성이 주는 영적 죄책감에서도 벗어납니다. 이것은 좋지만 저것은 싫은 상황에서 우리는 죄책감을 느낍니다. 영적이려면 어떤 것도 싫어해서는 안 되니까요. 아이스크림은 초콜릿도 있고 바닐라도 있습니다. 우리는 바닐라를 싫어하지 않고도 초콜릿을 좋아할 수 있습니다. 바닐라를 싫어할 필요가 없습니다. 그냥 초콜릿을 선택하면 됩니다. 진보주의자는 죄다 바닐라여서 싫다고 하지 않아도 당신은 보수주의자일 수 있습니다. 또한 당신은 바닐라 진보주의자일 수 있습니다. 보수주의자는 죄다 초콜릿이어서 싫다고 할 필요가 없습니다. 그냥 바닐라를 좋아하면서 "초콜릿이 어떻게 목에 넘어가는지 모르겠지만 자기들이 알아서 하겠지, 뭐." 하면 됩니다.

초콜릿파라면 이렇게 말합니다. "바닐라는 겁쟁이들 겁니다. 바닐라가 좋으면 바닐라를 즐기세요. 하지만 우리 같은 사람은 초콜릿을 좋아합니다." 이렇게 자신의 대의를 옹호하면 됩니다. 우리가 최고라고 주장하면서 몸에 문신도 새기고 퍼레이드도 하면 됩니다. 하지만 대의가 다르다고 싫어할 필요는 없습니다. 어떤 의식 수준에서, 여러분은 상반되는 것들의 양극성을 해소해야 합니다.

* * *

이 장을 마무리하면서 호킨스 박사는 상반되는 것들의 양극성을 해소하는 방법에 대해 이야기합니다. 자신의 기존 경험이나 인식perception이 주는 영향력에서 벗어나기 위한 첫걸음으로는 자신의 삶을 되돌아보는 것이 좋습니다. 어떤 것을 양극단의 것으로 인식하고 있습니까? 자신이 무심코 한 쪽을 택하며 다른 쪽을 혐오한다는 것을 깨닫는 순간들이 종종 있습니까? 자신이 그러는 것을 깨닫게 되면 메모해 두세요. 그런 신념체계에 빠져 있는 자신을 발견하는 순간 잠시 시간을 내서 '내가 이 일을 달리 인식할 수 있는 길은 없을지' 자문해 보세요. 자신의 선택을 재평가하는 시간을 갖는 것은 영적 진전을 가로막아 온 구속적 사고에서 벗어나는 첫걸음이 될 수 있습니다.

4장

에고를 초월하려면

The Highest Level of Enlightenment

이 장에서 호킨스 박사는 자신의 가르침에 비추어 에고에 대해 더 설명하고 깨달은 시각에서 에고를 해석합니다. 이어서 지구가 낮은 에너지 수준을 넘어서서 207 수준으로 진화함에 따라 진실성이 인간 의식의 원동력으로 급부상하고 있음을 이야기합니다. 또한 에고에 대한 우리의 잘못된 인식을 자세히 설명하면서, 에고를 악마화하는 것은 파워를 바탕한 길이 아니라서 효과가 없다고 단언합니다.

그의 말에 따르면, 의식 진화의 비결은 에고와 친해지는 것입니다. 그렇게 하면 우리 개인의 의식과 인류 전체의 의식이 진화하는 데 큰 파급력을 갖는 한 걸음이 될 것입니다. 우리 종의 자연적 진화라는 시각에서 보면 더 나은 맥락에서 에고를 이해할 수 있습니다. 에고란 우리가 파충류 상태에서 호모 사피엔스로 진화하는 과정에서 우리를 따라온 동물적 본능으로 새롭게 인식할 수 있습니다.

이런 시각으로 에고를 인식할 줄 알게 되면, 에고에 대한 비판이 지속되지 않고 에고와의 싸움이 멈춥니다. 이 장을 읽으며 회의적이거나 비판적인 생각이 들면 메모해 두세요. 당신의 현재 인식들은 어떻습니까? 진실과 정렬되어 있습니까? 아니면 당신의 에고가 저항의 벽을 쌓고 있습니까?

* * *

이런 논의를 하는 목적은 물론 의식의 진화를 촉진하는 것입니다. 내가 책을 쓰고 강의를 하는 유일한 목적도 의식 수준의 향상을 추구하는 사람의 내면에서 의식이 진보하도록 돕는 것입니다. 사람들은 자신이 존재하는 곳이 인과관계에 지배되는 평범한 세계라고 생각합니다. 현재의 자신이 과거의 산물이라고 생각하는 것입니다. 그렇지 않습니다. 실상은 이렇습니다. 여러분이 되겠다고 선택한 바의 잠재 상태가 여러분을 현재로 끌어당깁니다. 과거의 여러분이 여러분을 현시점까지 밀어붙인 것이 아닙니다. 반대로, 현시점을 넘어선 어떤 것이 되겠다고 여러분이 선택을 했고, 그것이 여러분으로 하여금 현시점을 통과하도록 끌어당기고 있는 것입니다. 여러분이 이미 영적 의도로 선택을 했기 때문입니다.

카르마의 본질이 뭐냐고 묻는 사람들이 있습니다. 카르마는 영적 의도와 영적 결정에 따라 자동적으로 작용하는 에너지일 뿐입니다. 여러분이 내리는 모든 결정이 여러분의 의식 수준 측정치에 영향을 미칩니다. 이렇게 여러분의 카르마를 간략하게 표현할 수도 있습니다. 처음에는 영적인 것에 호기심이 생기거나 솔깃합니다. 그런 뒤 어느새 자동적으로 영적 성장과 영적 개념에 끌리고, 그런 것을 이해하여 혜택을 얻으려는 욕구에 끌립니다. 그리고 자신이 성장할수록 세상을 이롭게 한다는 것을 깨닫게 됩니다. 여러분이 하는 일은 모두에게 영향을 주니까요. 온 세상에 이롭습니다.

이 사실을 양자 역학으로 증명할 수도 있습니다. 관찰자의 의도에 따라, 즉 하이젠베르크의 불확정성 원리에 따라 파동 함수가 붕괴되면 의식의 장 전체가 영향을 받기 시작합니다. 영적 수행에 전념하는 모든 사람은 전 인류를 이롭게 합니다. 이것은 각 사람이 선택하고 결정하는 데 따른 자동적 결과입니다. 그렇게 하여 잠재 상태를 실제 상태로 붕괴시키면 그것이 전 인류의 집단의식에 영향을 미치니까요.

이 점이 매우 흥미롭게 다가온 것은 의식 수준을 한창 측정하던 때였습니다. 이렇게 질문했습니다. "인류 전체의 의식 수준은 얼마인가?" 그랬다가 상당히 중요한 발견을 하게 되었습니다. 인류의 의식이 오랜 세월에 걸쳐 지속적으로 느리게, 아주 느리게 진보해 왔다는 사실을 알게 되었습니다. 붓다가 탄생한 시점에서 인류의 의식 수준은 90이었고, 예수 그리스도가 탄생한 시점에서는 100이었습니다. 그런 나음 여러 시대에 걸쳐 천천히 진화했고 1200년대, 1400년대, 1700년대 내내 190에 머물렀습니다. 수 세기 동안 190에 머무르며 바뀌지 않았습니다. 그러다 갑자기 1980년대 후반 '조화로운 수렴harmonic convergence' 행사*가 열렸던 시기에, 그 일로 인해서가 아니라 그 일이 있었던 시기에, 거대 공산주의 체제와 다른 많은 것이 붕괴되던 시기에, 인류의 의식 수준은 190에

---

* 1987년 태양계 행성들의 이례적인 정렬과 함께 세계 곳곳에서 열렸던 최초의 동시다발적 명상 행사

서 207로 도약했습니다. 200은 진실의 수준, 진실성의 수준이라 이 도약은 인류 역사에서 아마도 가장 중요한 사건이지만 누구도 알아채지 못했습니다. 의식의 수준이 190에서 207로 도약한 것, 이 사건이 현재 전 인류가 삶을 영위하고 있는 장을 완전히 바꿔 놨습니다.

어떻게 바꿔 놨을까요? 190 수준에서 인류의 멸망은 피할 수 없는 일이었습니다. 인류의 멸망 가능성이 상당히 높았습니다. 러시아가 전쟁에서 질 경우 전 인류를 멸망시킬 거대한 폭탄을 터뜨릴 가능성이 상당히 높았기 때문입니다. 현재의 207 수준에서는 완전히 새로운 패러다임의 현실이 존재합니다. 나의 성장기였던 1930년대를 포함해서, 20세기의 세상에서 사람들의 인생 목표는 성공이었습니다. 대학을 가고 돈을 벌고 출세를 하고 명성을 얻는 등의 일을 해내야 했습니다. 사회의 가장 중요한 목표가 성공이었습니다. 207 수준에서는 패러다임이 완전히 바뀝니다. 이제 사람들은 자신이 성공하든 말든 관심이 없습니다. 주식을 잘 사서 장차 백만장자가 될 수도 있지만 "그래서 뭐?" 한다는 말입니다.

이제 우리의 관심사는 성공이 아니라 진실성입니다. 대

단한 기업이었다가 쓰러진 곳들은 모두 진실성 결여 때문에 비판을 받았습니다. 오늘날 정치인들이 책망받는 것도 진실성 때문입니다. 출세, 돈, 큰 차 등 1950년대라면 사람들을 행복하게 해 주었던 모든 것이 더 이상 만족스럽지 않습니다. 이제는 사람들이 이렇게 묻습니다. "이 기업의 진실성은 어떤가? 이 정치인의 진실성은 어떤가?" 우리는 그들이 진실한지를 봅니다. 그들이 자신의 말을 어떻게 뒷받침할 것인지를 봅니다.

진실성이 사회적 가치의 새로운 지표입니다. 우리는 진실성이 입증된 인물과 정치인과 강사에게 투자하기를 원합니다. 어떻게 하면 진실성을 검증할 수 있을까요? 한 가지 방법은 그들의 의식 수준을 측정하는 것입니다. 진실성은 파워가 있습니다. 진실성 결여를 통해서도 돈의 힘 같은 포스를 잠시 가질 수는 있습니다. 하지만 그런 것은 무너지기 마련이라 성공 지향적인 삶은 위태롭습니다. 따라서 가치의 새로운 패러다임은 진실성이고, 앞으로는 진실성을 기준으로 모든 사람이 평가될 것입니다. '저 강사는 얼마나 진실한가? 저 영적 스승은 얼마나 진실한가? 저 대학은 얼마나 진실한가?' 이렇게 측정해 보면 누가 진실성을 저버렸는지 알 수 있습니다. 이미 아주 많은 것을 측정해 놓았기 때문에, 그 목록을 보면 어떤 것들이 진실성을 저버렸는지 알 수 있습니다.* 이제 우리는 측정을 통해 진실과 거짓을 밝힐 수 있습니다. 인간의 발전을 가늠하는 새로운 척도를 갖게 될 것이고, 그래서 발전 자체가 이전보다 빨라지리라고 봅니다.

인간의 의식은 수 세기 동안 190 수준에 머무르며 바뀌지 않았습니다. 하지만 역사적 관점에서는 엄청난 사건들이 일어났다고들 말합니다. 영적 관점이 아니라 인식의 관점에서 보기에 엄청난 사건들이죠. 인간은 이제 차원이 달라졌습니다. 207이 왜 중요하냐면, 깃털 하나 같은 작은 차이로 천칭의 균형이 부정에서 긍정으로 바뀌기 때문입니다. 우리가 내리는 모든 영적 결정이 눈금을 긍정 쪽으로 기울이면, 그 덕분에 우리 삶의 운명이 완전히 바뀝니다. 바다에 나와 있을 때, 나침반 바늘의 1도 변화가 별것 아닌 것처럼 보일 수 있습니다. 하지만 그 때문에 우리는 며칠 동안 항해한 뒤에 다른 대륙에 도착하게 됩니다. 즉 1도가 상당한 차이를 만듭니다.

---

* 특히 저자의 책 『진실 대 거짓』에 측정치 목록이 많이 수록되어 있다.

이렇게 우리는 선택의 자유, 즉 영적 선택의 자유를 매 순간 직면합니다. 끊임없이 어떤 것을 선택할지 말지를 결정합니다. 그러면 그런 선택이 우리의 영적 수준을 결정하고 우리의 의식 수준 측정치를 결정하고 우리의 카르마적 운명을 결정합니다.

* * *

이런 것을 발견한 끝에 나는 영적 스승이 되었습니다. 나는 나의 주관적 상태를 공유하고 싶었고, 내가 발견한 깃과 이선까지 한 번도 언급된 적이 없는 것을 공유하고 싶었습니다. 나의 가르침을 나는 '헌신적 비이원성'의 길이라고 부릅니다. '헌신적'이라고 한 것은 이 길에서는 진실을 깊이 사랑하기 때문입니다. 진실을 통해 신에게 이르는 길을 깊이 사랑합니다. 그리고 '비이원성'은 깨달음의 상태에 도달하려면 에고를 초월해야 함을 의미합니다. 에고는 본성 자체가 이원적이기 때문입니다. 인간의 생각은 본성 자체가 이원적입니다. 둘 중 하나 아니면 이

것 혹은 저것이라는 식입니다.

　그래서 영적 학인은 일반적으로 먼저 에고에 직면하고 예로부터 죄라고 부르는 것과 기타 안 좋은 이름이 붙은 온갖 것에 직면합니다. 나는 내 학인들이 제일 먼저 에고의 본성부터 이해하여 에고와 친해지고, 그것이 어디서 기원하는지 이해하기를 원합니다. 에고를 악마화하지 말아야 합니다. 에고는 적으로 여겨야 하는 것이 아닙니다. 에고는 동물적 본성에 불과합니다. 동물의 왕국을 다룬 TV 프로그램에서 우리가 보는 모든 것이 인간의 에고라 불리는 그것입니다. 그런 것을 동물에게서 보면 우리는 그냥 "그게 본성이지."라고 합니다. 하지만 같은 것을 인간에게서 보면 "으, 끔찍하지 않아?"라고 합니다. 아닙니다, 끔찍하지 않습니다.

　동물 뇌가 여전히 인간의 뇌 안쪽에서 활동하는 중입니다. 우리는 진화하여 인간이 되었습니다. 의식이 수십억 년 동안 동물의 세계를 거치며 진화했습니다. 하지만 그 시작은 매우 원시적인 생명체였습니다. 그런 뒤에는 탐욕스러운 생명체가 나타났습니다. 남을 죽여서 살아가는 파충류의 세계입니다. 포유류 뇌가 출현emergence하면서 처음으로 사랑이 출현했습니다. 수십억 년 만에 포유류 뇌가 출현하자 비로소 이 행성에 사랑이 출현했습니다. 어미 새가 알을 돌보고 새끼를 돌보는 모습에서 우리는 포유류 뇌의 싹을 볼 수 있습니다. 즉 모성이 출현하면서 비로소 사랑이 출현할 수 있었습니다. 사랑이 나타나려면 먼저 아이, 아기, 새끼 새에 대한 어미의 염려가 출현해야 했습니다. 어미 사자는 수컷 사자로부터 새끼를 보호해야 했습니다. 그 이전에, 동물의 세계가 진화하던 초기에는 사랑의 발생을 볼 수 없었습니다.

사랑은 모성이 나타나면서 출현하기 시작했습니다. 그리고 근세에도 수 세기에 걸쳐 사랑이 개화했습니다. 로맨틱한 사랑은 오늘날에는 자연스러운 것으로 여겨지지만 비교적 근래에 생겨난 것입니다. 옛날 사람들은 로맨틱한 사랑 때문에 결혼하지 않았습니다. 집안에서 주선한 대로 결혼했습니다. 영국의 왕과 여왕조차 막강한 권력에도 불구하고 사랑을 선택할 자유가 없었습니다. 그 당시 사람들은 결혼과 사랑을 서로 다른 것으로 생각했습니다. 즉 우리가 알고 있는 로맨틱한 사랑은 다소 근래에 생긴 현대적인 것입니다.

영적 수행에 들어가는 사람들은 으레 에고를 극복하는 일에 관심을 쏟습니다. 그래서 제일 먼저 에고를 재맥락화해서 우리 내면에 있는 동물의 잔재로 여기라고 말하는 것입니다. 인간의 뇌 안쪽에는 여전히 오래된 동물 뇌가 존재합니다. 전두엽 피질은 비교적 최근에 출현한 것입니다. 크로마뇽인, 네안데르탈인 등으로 진화한 사람과科 동물의 의식 수준을 측정해 보면 네안데르탈인은 75 정도로 측정됩니다. 아주 동물적인 수준입니다. 말을 하고 이야기를 할 수 있다고 해도 여전히 동물에 가깝습니다. 윤리, 도덕, 영적 알아차림 같은 것은 전뇌부와 전두엽 피질이 출현한 뒤에야 비로소 등장했습니다.

따라서 우리 인간이 애써 하려는 일은 동물적 본능의 지배를 초월하는 것이라고 할 수 있습니다. 에고를 죄의 관점에서 보지 않고 동물로 본다면, 동물은 어떤 것일까요? 동물원에 가면 인간의 에고가 전시되어 있는 것을 볼 수 있습니다. 동물원에서 원숭이 우리에 가 보면 영역 보호 습성을 볼 수 있고 갱단도 볼 수 있습니다. 무리를 지어 단결을 하고 영역 다툼을 합니다. 이런 풍경이 중동이나 기타 이 행성 어디에서든 매일 주요 뉴스를 차지합니다. 늘 영역 다툼이 벌어집니다. 약자를 착취하거나 종속시킵니다. 속임수와 거짓말과 위장술을 볼 수 있습니다. 오늘날 우리가 주요 뉴스에서 보는 모든 것은 인간 식으로 나타난 원숭이 우리의 모습입니다.

영적 수행은 다양한 모습으로 변장한 이기주의, 자기본위, 자기중심성을 모두 극복하는 일입니다. 어떤 다양한 모습으로 변장하고 있을까요? 차지하고 소유하고 출세하고 승리하려는 충동, 기타 자기중심적인 것으로 알려진 모든 것입니다. 어떻게 하면 이런 것을 초월할 수 있을까요? "영적으로 진화하고 싶습니다. 실천적으로 뭘 하면 될까요?"라고 묻는 사람들이 있습니다. 내가 방금 설명한 것이 모두 상당히 어렵거나 이론적인 것으로 들릴 수 있고, 특히 영적 수행이 익숙하지 않은 사람에게는 상당히 부담스럽게 들릴 수 있어서 그렇게 묻는 것입니다. 사실 이 수행은 꽤 쉽습니다. 하면 할수록 '이거 내내 알고 있던 거네.'라는 느낌이 들게 됩니다. 물론 내내 알고 있었습니다. 하지만 그런 느낌이 일상이 되게 하는 방법을 알고 싶기 때문에 사람들은 이렇게 묻습니다. "어떻게 하면 영적으로 성장할 수 있나요? 어딘가로 가야 하나요? 구루를 찾아야 하나요? 명상 모임에 가입해야 하나요? 만트라 같은 것을 외워야 하나요?" 아니요, 그런 것은 전혀 할 필요가 없습니다. 너무 간단해서 맨날 간과하는 것이 있습니다. 무슨 일이 있어도, 언제 어느 때나, 자기 자신을 포함한 모든 생명에게, 자애롭고 친절하겠다는 결정을 하면 됩니다. 관대하고 온화하고 생명에 힘이 되어 주는 것입니다. 그러면 내가 하는 '행동'이 아니라 나라는 '존재 자체'가 그렇게 됩니다. 생명에 힘이 되어 주고 그들의 모든 노력에 힘이 되어 주는 존재가 됩니다. 이 존재는 격려가 필요한 생명들을 격려합니다. 그리하여 생명 자체의 에너지가 됩니다. 마치 신성한 어머니와 신성한 아버지가 함께 현현한 것처럼 됩니다. 둘이 하나로 합쳐집니다. 양육하는 존재와 탁월함을 요구하는 존재가 하나로 합쳐집니다.

비이원성의 길은 영적 원칙에 헌신하는 것입니다. 영적 원칙에 헌신하게 되면 둘 중 하나를 택하는 마음의 성향, 즉 선 아니면 악을 택하고 진보 아니면 보수를 택하는 성향과 대면하게 됩니다. 우리는 양극화라 일컫는 것에 끊임없이 직면합니다. 그래서 매우 고도의 의식 상태에 도달하려면, 둘 중 하나를 택하는 양극화를 초월할 필요가 있습니다.

기적 수업은 매우 흥미롭습니다. 용서의 힘에 기초하는 것이니까요. 사람들은 '그토록 나쁜 놈을 어떻게 용서할 수 있을지'를 궁금해합니다. 기적 수업 앞부분의 어떤 과에 '나의 생각은 아무 의미도 없다.'는 문장을 읽자마자 내가 "와, 이거 천재적이다. 영적 천재성이 있어."라고 했던 것이 생각납니다. 매우 진보한 사람이라야 이 말의 진실을 알 수 있다는 말입니다. 그래서 읽자마자 "와, 이 말 굉장하다. 나의 생각은 아무 의미도 없다니."라고 한 것입니다. 진보된 상태에서는 그게 사실이니까요.

여러분의 생각은 아무 의미도 없습니다. 여러분의 생각은 자연적으로 발생하며 그것이 곧 여러분이라는 사람 who you are은 아닙니다. 그래서 아무 의미도 없습니다. 생각의 모든 의미는 분명 여러분이 그것에 부여한 것입니다. 왜냐하면 생각은 그 자체만으로는 자기에게만 쓸모 있는 구조체construction일 뿐, 어떤 큰 쓸모도 없기 때문입니다. 우리는 마음에도 불구하고 살아남지, 마음 덕분에 살아남지 않습니다. 다들 '생각을 멈추면 살아남지 못할 것'이라고 생각합니다. 그렇지 않습니다. 여러분이 생각을 멈춘다면 지금보다 훨씬 더 잘 살아남을 것입니다. 모든 일이 자연적으로 벌어지니까요.

서른다섯 살 때였는지 몇 살 때였는지 모르겠지만, 그때 의식의 심오한 전환이 일어난 이후로는 모든 일이 자연적으로, 저절로 일어났습니다. 마음은 자동으로 영의 지배를 받습니다. 잊지 않고 우산을 챙길 필요가 있어 마음이 그 점을 기억한다면, 그건 여러분의 생존에 우산 챙김이 필요하기 때문입니다. 여러분의 생존은 영에서 비롯합니다.

* * *

의식 연구 과정에서 우리는 아주 흥미로운 사실들을 많이 발견했습니다. 생명과 관련된 고민을 크게 덜어 줄 것들이라 공유하고 싶군요.

첫째로, 인간의 영혼이 임신 3개월 차까지는 배아에 들어가지 않는다는 사실을 발견했습니다. 즉 배아라는 작은 잠재적 인간에 영혼이 정말로 들어가는 것은 3개월 차입니다. 이것은 누구도 발견하지 못했던 흥미로운 사실이었습니다. 정확한 죽음의 순간이 카르마적으로 정해져 있다는 사실도 발견했습니다. 태어나는 그 순간부터, 여러분이 세상을 떠날 시간은 이미 정해져 있습니다. 또한 인간은 태어나는 순간 이미 의식 수준이 측정될 수 있으며, 이 측정치가 일생 동안 5 정도 올라간다는 사실을 발견했습니다. 대다수가 일생 동안 의식 수준이 5 정도 올라갑니다. 태어나는 그 순간 어떤 아기는 240, 또 어떤 아기는 460, 또 다른 아기는 92로 측정되는 것입니다. 카르마의 이해에 비추어 보자면, 인간의 영혼이 완전히 다른 의식 수준들로 육체에 들어가는 데는 어떤 이유가 있는 것이 분명합니다.

세상을 떠난 뒤에 대해서도 흥미로운 사실을 발견했습니다. 화장 같은 것을 할 경우 사흘을 기다리는 것이 가장 좋습니다. 육체를 떠나는 영혼이 육체 상태와 관련된 모든 것에서 벗어나며 애도에 익숙해지려면 2~3일은 걸리는 경우가 아주 많기 때문입니다. 이 또한 흥미로운 발견이었습니다. 사흘을 기다리세요.

경험할 수 있는 진짜 죽음은 단 한 번입니다. 그 순간이 올 때 여러분은 에고를 초월합니다. 여러분이 영적 수행과 명상에 정말로 열중하며 모든 것을 놓아 버리고 신에게 항복하는 데 정말로 열중한다면 말이죠. 감정이나 생각이 생길 때마다 기꺼이 항복합니다. 진실에 헌신한다는 것은 무슨 문제든 생기는 대로 신에게 항복하려는 자발성을 의미합니다. 무슨 문제든 매달리지 않고 붙잡지 않고 기대하지 않으면서, 전진하는 파도의 꼭대기에서 사는 것입니다. 실재하는 순간에 대한 의식적 경험을 통과하는 것들이 파도처럼 닥칠 때, 파도 뒤의 과거에 매달리지 않고 파도 꼭대기의 물마루에 머무르는 것입니다.

무슨 문제든 생기는 대로 신에게 기꺼이 항복하고 무엇에도 매달리지 않습니다. 애써 미래에 손 뻗지 않고 과거에 매달리지 않습니다. 그러면 마침내는 파도의 물마루를 초월하기 시작하고, 생각하는 상태thinkingness가 마음의 어떤 기본적 일면에서 생겨난다는 것을 알게 될 것입니다. 생각하는 충동 같은 것이 있습니다. 생각하는 상태가 지닌 에너지, 생각하려는 욕구 같은 것이 있습니다. 이 생각하는 상태가 저절로 생기는 것임을 알게 되면서, 사람은 의식, 생각하는 상태, 그리고 장 전체가 자신의 개인적 자아가 아님을 감지하게 됩니다. 그래서 영적 진화가 진짜로 개시되는 것은 여러분이 자신의 육체성과 동일시하는 것을 멈추고 '나는 육체가 아님'을 깨닫는 때입니다. 자신이 에고의 동물적 본능이 아님을 깨닫습니다. 마음이 저절로 일어나는 것임을 깨닫습니다.

내가 내 마음이라면 나는 그것에게 멈추라고 할 수 있을 것입니다. "생각 때문에 미치겠다."고 하는 사람들이 있습니다. 그러면 나는 "그럼 멈추지 그래요?"라고 합니다. 그들은 "못 합니다."라고 합니다. 나는 "네, 당신은 당신의 마음이 아니니까요."라고 합니다. 나는 나의 육체가 아닙니다. 나의 마음도 아닙니다. 내가 나의 마음이라면 내가 멈추라고 할 수 있을 것이고, 그러면 마음은 생각하기를 멈출 것입니다. 그런데 그렇지 않습니다. 내가 "마음아, 멈춰."라고 말할 수는 있지만 마음은 나를 완전히 무시합니다. 따라서 마음은 나라는 사람이 아니라는 점이 분명해집니다. 만약 마음이 나라는 것이라면 마음은 즉시 내게 복종할 것입니다. 그러나 그렇지 않습니다. 마음은 제 나름의 삶이 있습니다. 와우.

어떤 이질적이고 나 자신이 아닌 것이 있어 그것이 작동하고 있는데 내가 그것에 주의를 기울이고 있는 것입니다. 요컨대 모든 생각하는 상태들은 저절로 일어나고 있습니다. 이 점을 깨달으면 정말로 의식이 진전하기 시작합니다. 이 시점에서 명상에 진지한 관심 갖는 경우가 아주 많습니다. 명상의 유일한 목적은 조용히 앉아서 마음이 어떻게 작동하는지 지켜보는 것입니다. 그렇게 하면서 이런 생각, 저런 감정이 생겨나는 것을 봅니다. 그리고 그런 것에 저항하기를 멈추고 그냥 그런 것을 항복하기 시작합니다. 그러면 그것들이 생각의 생성에 전념하는 에너지장에서 생겨난다는 것을 깨닫게 됩니다. 그리고 자신이 그런 것에 중독되어 있음을 깨닫게 됩니다. 정말로 중독입니다. 계속되는 오락에 정말로 중독되어 있습니다. 그래서 우리는 마음에 대해 한탄합니다. "아, 괴로워. 이걸 잊고 싶어. 저걸 잊고 싶어." 합니다. 사실이 아닙니다. 정말 그러고 싶다면 그만둘 것이니까요.

에고가 우리를 지배하는 것처럼 보이는 것은 에고가 사랑으로는 연명하지 못하기 때문입니다. 에고는 사랑이 아닌 것으로 연명합니다. 에고를 연명시켜 주는 것은 에고가 자기의 여러 입장성positionalities*에서 얻는 단물입니다. 자, 이제 좀 진도를 나가고 있습니다. 포기하겠다고 마음먹는다고 해서 사랑, 미움, 두려움, 질투 같은 것을 포기할 수는 없습니다. 그래서 해체해야 합니다. 비이원성이란 마음을 분해해서 무엇이 마음이 작동시키는지 살펴보는 것을 말합니다. 무엇이 마음을 작동시키는지, 어디서 마음의 단물이 나오는지를 일단 이해하면, 여러분은 가능성이 있습니다.

비이원성이란 생각을 바라보기 시작하는 것, 그리하여 우리가 생각에서 얻는 보상payoff이 생각의 연쇄를 증식시킨다는 사실을 알아차리는 것입니다. 여러분은 "난 죄책감과 고통에서 어떤 보상도 얻지 않는다."고 말합니다. 아니오, 보상을 얻습니다. 죄책감과 고통에서 얻는 보상은 어떤 것일까요? 죄책감과 고통입니다. 그 자체가 보상입니다. 기분이 참담해집니다. 또는 '아, 슬프도다.'라고 느낍니다. 이때 우리는 우선 자기중심성에서 오는 만족감을 얻습니다. 작은 '나'라는 아주 멋진 개체와 그것의

* 입장이나 견해를 가지려는 습성

극적인 우여곡절도 살펴봅니다. 자신의 삶이라는 굉장한 드라마가 머릿속에서 상연되면 사람은 그것에 매료됩니다. 에고가 계속해서 생각과 감정을 만들어 냅니다. 생각과 감정이 계속 증식되는 것은 우리가 거기서 단물을 얻고 있기 때문입니다. 그러니 생각함이나 생각을 포기할 필요가 없습니다. 포기할 것은 단물뿐입니다. 자책하는 데서 얻는 단물, 옳다고 느끼는 데서 얻는 단물, 정의롭다고 느끼는 데서 오는 단물을 잘 생각해 보세요.

피해자 입장이라는 것을 살펴봅시다. 현대 사회의 가장 큰 비즈니스는 피해자 입장입니다. 피해자 입장이 공중파를 지배하고, 법원을 지배하고, 정치를 지배합니다. 피해자 입장이 되는 것이 최고라, 현시점에서 가장 주목받는 더 심한 피해자 입장이 되려는 경쟁이 엄청납니다. 부당하게 대우받는 것이 아주 멋진 일입니다. 현대 사회에서 부당하게 대우받는 것보다 나은 일이 없을 정도입니다. 정치인들이 죄다 등판해서 나 대신 마구 때리고 패줍니다. 그리고 변호사들이 이를테면 "여자가 길을 걷는데 길 저편에서 어떤 사고가 일어났고 여자는 심장마비를 일으켰습니다. 그러니 길 저편의 사고가 이 불쌍한 여자에게 심장마비를 일으킨 것입니다."라고 주장합니다. 길 저편의 사고가 어떻게 그 여자에게 심장마비를 일으켰을까요? 사고의 굉음에 깜짝 놀라 심장마비를 일으킨 것입니다. 이렇게 피해자 입장이 되면 큰 보상이 있습니다. 여자가 42년간 과식했고 혈압이 정상 범위 120을 넘어 180이라는 사실은 언급하면 안 됩니다. 저편에 사고가 있었다는 사실만 언급해야 합니다.

  이런 것이 우리가 벌이는 보상 게임입니다. 우리 내면에서 에고가 벌이는 게임이죠. 괴로움과 불편함에서 보상을 얻습니다. "그게 보상이라고요?" 하고 반문하겠지만, 당연히 그게 보상입니다. 괴로움에서 뭔가를 얻지 못한다면 우리는 괴로움을 멈출 것입니다. 두려움에서 뭔가를 얻지 못한다면 우리는 두려울까 봐 겁먹을 것입니다. 에고는 부정적인 것을 먹고 사는 법을 터득했습니다. 마치 푸른 잎도 없는 곳으로 강제 이주된 동물이 선인장을 먹고 사는 법을 터득한 것과 같습니다. 애리조나주에 그런 동물이 있습니다. 녀석들은 선인장 가장자리를 먹고 사는 법을 익힙니다. 에고는 사랑의 보살핌을 박탈당하고는 스스로 살아남는 법을 익혔습니다. 에고는 증오를 통해 살아남습니다. 에고는 자기 자신의 단물을 먹고 삽니다. 에고는 스스로 증식합니다. 그래서 에고를 기꺼이 포기하려는 사람은 거의 없습니다.

인류의 몇 퍼센트가 200 미만인지도 측정할 수 있습니다. 오늘날 측정해 보면 85퍼센트가 나옵니다. 지구상에서 85퍼센트의 인류가 의식 수준 200 미만인 것입니다. 그들은 진실하지 않은 것에 열중하고, 진실하지 않은 것에 열중하는 덕분에 생존합니다. 평화주의자들이 아무리 행진을 하고 정견을 발표하고 음악을 동원해도 아무도 마음을 바꾸지 않는 것은 세상 전체가 비진실성 nonintegrity을 먹고 살기 때문입니다. 평화주의자들은 행진하면서 나머지 세상 사람들에게 자살하라고, 삶 자체의 존재 이유를 포기하라고 하는 것이나 마찬가지인, 너무나 말도 안 되고 유치한 요구를 하고 있습니다. 200 미만인 사람들의 삶은 증오, 보복, 자기 연민, 우위 차지, 마초 같은 것을 추구하는 것입니다. 즉 85퍼센트의 인류는 생존의 기반 자체가 진실하지 않습니다.

세계 평화 같은 것을 이야기하는 사람들에게서 메시지를 전달받는 청중은 어떤 사람들일까요? 이미 그 자리에 있는 사람들, 이미 그런 것을 자신의 라이프스타일로 선택한 사람들입니다. 그러니 자기들끼리 박수치고 환호한다고 해서 달라질 게 있을까요? 없습니다. 그 자리에 있는 사람들은 이미 그런 것에 빠져 있는 사람들이니까요. 클래식 음악을 들으러 가는 사람들은 이미 클래식 음악에 빠져 있는 것과 같습니다. 갱스터 록에 빠진 사람들을 베르디의 음악으로 끌어들인다고 해서 그들을 클래식 음악으로 전향시킬 수는 없습니다. 그렇다면 인류의 의식은 어떻게 발전하는 것일까요?

아프리카 대륙의 의식 수준을 측정해 보면, 40에서 북아프리카의 160 사이로 나옵니다. 중동은 180~190 정도로 측정됩니다. 200도 안 되는 것이죠. 대륙 전체에서 200 이상인 국가가 단 한 곳도 없다는 이야기입니다. 단 한 곳도 없습니다. 이런 점을 알면 정치적 현실을 깨닫게 됩니다. 정치와 경제를 포함해 일상생활에도 의식 연구를 적용하면, 현실을 보다 잘 알 수 있습니다. 순진함에서 벗어나 대화하는 상대방이 어떤 사람인지 그 실체를 알게 되는 것입니다.

즉 정치적 대화에서는 상대방이 어떤 사람인지를 보다

이성적으로 이해하고 있어야 합니다. 그러니 우리 정치인이 다른 나라에서 온 거물 정치인에게 전혀 통할 턱이 없는 용어로 이야기하는 것을 들으면 난감합니다. 90으로 측정되는 나라의 정치인에게 민주주의니 투표니 하는 것을 이야기한다면, 굶어 죽어 가고 있는 사람들을 놓고 그런 이야기를 읊고 있는 셈이니 민주주의가 말도 안 되는 소리처럼 되어 버립니다. 따라서 의식 연구는 영적 진화뿐만 아니라 일상생활에도 큰 가치가 있습니다. 오늘날의 세계에서 다양한 형태로 나타나고 있는 인간의 삶이 어떤지, 그리고 그 영적 실상은 어떤지를 더 잘 깨닫게 해줍니다.

우리는 인간의 생명이 사람과科 동물로 시작된 이래로 어떻게 진화했는지, 그것이 동물계를 거치며 어떻게 발전했는지를 보았습니다. 그리고 이제 그것은 진보하여 내가 호모 스피리투스*Homo spiritus*라고 부르는 새로운 알아차림이 출현하는 시점에 이르렀습니다. 호모 에렉투스는 두 발로 걷는 법을 익혔습니다. 호모 사피엔스는 전두엽으로 사고하는 법을 익혔습니다. 호모 스피리투스는 지성을 넘어서 있어 500 이상으로 측정되고 장의 내용, 에고와 형상, 뉴턴식 패러다임이 아니라 장 자체를 알아차립니다. 500 이상으로 측정되는 영적 영역의 파워와 실상을 알아차리고 경험합니다. 그리고 사랑이 출현하여 인간의 행동에 더욱 깊은 영향을 미치는 지배적인 장이 만들어집니다.

* * *

이 장을 마치며 호킨스 박사는 지성을 넘어 500대의 더욱 광대한 영적 영역으로 진입하는 새롭게 진화된 인류의 개념을 소개합니다. 그는 이 상태를 호모 스피리두스라고 부릅니다. 잠시 시간을 내서 이런 진화 상태가 어떤 여파를 가져올지 상상해 보세요. 우리의 삶이 어떻게 달라질까요? 지구는 어떻게 변모할까요? 상상력의 인도를 받아, 더욱 높은 주파수로 공명하는 세계, 더욱 평화롭고 강력한 지구를 그려 보세요.

5장

생명의 에너지가
불멸임을 알면

The Highest Level of Enlightenment

두려움은 우리가 붙잡고 씨름하는 가장 강한 감정 중 하나입니다. 또한 두려움은 우리가 내리는 많은 결정이 비롯하는 중추이고, 생각보다 그 비율이 높을 것입니다. 그러니 나의 두려움은 어떤지 진상 조사에 들어갈 만합니다.

두려움은 우리가 생애 주기를 인식하는 데 중요한 역할을 합니다. 탄생과 죽음을 둘러싼 상황은 우리 대다수에게 여전히 수수께끼입니다. 우리는 죽음의 경험을 둘러싼 미지의 세계와 씨름할 때면 흔히 두려움과 싸웁니다. 이 장에서 호킨스 박사는 탄생과 죽음에 대해 그가 얻은 통찰을 공유하는데, 그중 많은 것이 도발적이고 놀라운 내용이면서도 우리를 안심시켜 줍니다.

* * *

모든 강의에 꼭 포함해야 한다고 생각하는 것이 몇 가지 있는데, 그중 하나가 탄생과 죽음이라는 문제입니다. 사람들이 걱정하지 않길 바라기 때문입니다. 여러분은 죽음에 대한 걱정을 영원히 끝낼 수 있습니다.

이와 관련하여 우리가 맨 먼저 발견한 사실은 우리가 애초에 특정 의식 수준으로 태어난다는 점입니다. 누구는 태어날 때 이미 400대이고, 누구는 이미 성인聖人이고, 누구는 간신히 40이고, 누구는 간신히 생존만 가능한 수준이라는 사실을 카르마가 아니면 무엇으로 실명할 수 있을까요?

의식 수준의 세계 지도*를 만드는 작업 중인데, 이 지도를 보면 대륙별 의식 수준 분포 상황을 알 수 있습니다. 북미는 431, 멕시코는 400으로 측정되고, 남미로 내려가면 300대로 측정됩니다. 남미 국가들은 300대이니 매우 양호합니다. 아이티만 빼고요. 서반구의 정중앙에서 느

---

* 저자의 『진실 대 거짓』 책에서 보다 정확한 최종 결과물을 볼 수 있다.

닷없이 아이티가 55 정도로 측정되었습니다. 알래스카는 410, 중미 국가들은 300대입니다. 이렇게 서반구는 상태가 아주 양호합니다. 정중앙에서 55로 측정되는 아이티만 빼고 말이죠. 그런 데서는 열두 살까지 살아남기만 해도 운이 좋은 겁니다.

지구본을 돌려 반대편 반구를 보면 유럽은 300대임을 알 수 있습니다. 러시아는 300 정도, 중국은 400 정도이고 한국은 400대입니다.* 그런 다음 중동을 보면 180 정도로 내려갑니다. 윽, 거기는 죄다 180, 140, 150입니다. 아프리카에서는 125, 90, 70으로 내려가거나 심지어는 40으로 내려갑니다. 마치 인류의 의식이 거의 지리적으로 분포되어 있는 것처럼 보입니다. 마치 인간으로서 카르마에 따라 현현하는 시점에서, 운명적으로 정해진 장소에 우리가 태어나는 것처럼 보입니다. 사람들은 태어날 때, 이미 특정 의식 수준으로 측정됩니다. 특정 의식 수준으로 태어나는 것입니다. 출생의 순간에 부여받은 의식 수준 측정치가 있습니다. 부여받은 것이라기보다는 이전 생에서 도달한 지점이죠.

---

* 『진실 대 거짓』의 정밀 측정치를 보면 러시아는 200, 중국은 300, 한국은 400이다.

우리는 또한 정확한 죽음의 순간이 이미 정해져 있다는 사실을 발견했습니다. 어떻게 죽는지는 정해져 있지 않습니다. 그건 여러분에게 달려 있습니다. 용맹하게 죽을 수도 있고, 질질 짜며 죽을 수도 있습니다. 대단한 전사로 죽을 수도 있고요.

나는 전사로 살다 죽었던 순간들을 기억합니다. 황홀했습니다. 의식 수준이 어떤 수준 이상이면 전생을 다 기억합니다. 그냥 다 의식이 됩니다. 모든 생은 결국 하나의 생이기 때문입니다. 이 생을 끝내고 다음 생을 살고 하는 것이 아닙니다. 그 모두가 하나의 생입니다. 전에 이야기한 적이 있는데, 내가 절대 잊을 수 없는 전사가 한 명 있습니다. 우리는 서로를 찔러 죽여서 함께 몸을 벗어났습니다. 그는 환상적인 실력을 가진 최고의 전사였고, 나도 그랬습니다. 우리는 황홀한 상태로 죽었습니다. 나는 예수를 위해 그를 죽였고, 그는 알라를 위해 나를 죽였습니다. 몸을 벗어난 우리는 마주 보며 미친 듯이 웃었습니다. 너무 재미있었습니다.

아무튼 죽음의 순간은 어떤 기능을 할 수 있습니다. 육체적 죽음에 대한 두려움을 초월하지 않는 한, 영적으로

옳다고 믿는 바를 위해 기꺼이 죽을 수 없는 한, 분명한 한계가 있기 때문입니다. 옳다고 믿는 바를 위해 죽는 순간, 여러분은 도약합니다. 이것이 가미카제 조종사가 높게 측정되는 이유입니다. 사람들은 그들에게 탄복했습니다. 나는 지금도 그렇습니다. 제2차 세계대전에 참전했었으니까요. 내가 전직 가미카제 조종사를 만난다면 서로 허리를 굽혀 인사하면서 영광으로 여길 것입니다. 우리는 모두 더 높은 목표에 헌신했습니다. 국가에 충성하고, 신에 충성했습니다.

우리는 죽음을 맞이하는 바로 그 순간을 어떻게 맞이할지 선택할 수 있습니다. 대다수 사람들은 그 순간의 선택으로 어떤 카르마적 목적에 기여하게 됩니다. 똑똑한 사람이라면 죽음이 어차피 겪어야 할 일임을 알고 거기서 얼마간 보상을 받는 거죠.

나는 사람들이 죽음을 걱정하지 않았으면 합니다. "이 청중 앞에서 측정하는 것을 허락받았습니다. 저항하세요." (긍정 반응) "죽음의 정확한 순간은 사람이 태어나는 바로 그 순간에 카르마적으로 결정된다. 저항하세요." (긍정 반응) 이것은 사실입니다. 우리는 이 사실을 수도 없이 확인하고 또 확인했습니다. 죽음의 정확한 순간, 즉 어떻게 죽는지가 아니라 언제 죽는지는 이미 정해져 있습니다. 따라서 여러분은 죽음을 걱정할 필요가 없습니다. 이미 정해져 있으니까요.

그러므로 살아가는 일도 걱정할 필요가 없습니다. 언제 죽는지 카르마적으로 정해져 있다면 그때까지는 어떻게든 살 수밖에 없으니까요. 그렇죠? 63세에 죽게 되어 있다면 62세에 차에 치여 죽을까 봐 걱정하는 것은 무의미합니다. 63세까지는 이 세상을 떠나지 않으니까요.

사람들은 온갖 건강 문제를 걱정하는데, 알다시피 우리는 마음에 품고 있는 것에 지배됩니다. 그러니 ㄱ 모든 문제가 진짜라고 믿고 싶다면 온갖 부정적 믿음으로 자신을 아프게 만드세요. 그래서 건강 테러리즘이라는 산업이 번창하고 있는 것입니다. 그들은 여러분이 두려움에 떠는 걸 보면서 은밀하고 악의에 찬 만족을 얻습니다. 또 이야기하지만, 정해진 것보다 절대 더도 못 살고 덜도 못 삽니다. 그러니 그냥 삶을 살고 걱정은 끝내는 것이 낫습니다.

이전에 나는 근육 테스트로 진실과 거짓을 구별하는 것이라고 생각했는데, 알고 보니 진실과 진실의 부재를 구별하는 것이었습니다. 우선 침술 경락을 따라 방출되는 오라aura의 에너지장을 의식이 제어하며 빠르게 응답한다는 점이 밝혀졌습니다. 어떤 것이 진실이면 팔이 즉시 강해집니다. 응답이 매우 빠릅니다. 근육 테스트를 5분만 해 봐도 응답이 매우 빠르다는 것을 알 수 있을 것입니다. 진실이 존재하는 순간, 진실의 에너지가 더 강해져 팔을 따라 흐르는 것을 느낄 수 있습니다.

이 테스트를 여러 번 하다 보면 진술하는 순간 거의 즉시 답을 알게 됩니다. 답의 에너지가 팔을 따라 흐르는 것이 느껴지니까요. 진실이 부재하면 팔이 약해집니다. 세상에서는 진실이 아닌 것을 거짓이라고 부르지만, 사실은 진실이 부재하는 것입니다. 이런 반응은 비개인적인 것입니다. 원형질 수준, 세포 수준의 반응이라고 할 수 있습니다. 생명은 자기에게 우호적인 것을 알아보니까요.

* * *

생명의 에너지는 파괴될 수 없습니다. 에너지 보존의 법칙과 질량 보존의 법칙이 있지만, 생명 보존의 법칙이 훨씬 더 강력하고 지배적인 법칙입니다. 생명을 죽일 수는 없습니다. 생명이 형태를 바꾸도록 강제할 수만 있습니다. 파리를 때려잡으면 파리는 그 사실을 알아채지도 못합니다. 에테르체로서 계속 날아갈 뿐 자기의 변화를 알아채지도 못합니다. 유체 이탈을 해 봤습니까? 유체 이탈을 할 때는 몸을 벗어나는 순간을 거의 알아채지 못합니다. 분명히 침대에 누워 있었는데 다음 순간 방 안을 떠다닙니다. 환상적이죠. 여러분은 몸으로 돌아가고 싶던가요? 나는 돌아가고 싶지 않았습니다. 몸을 벗어나면 밑에 누워 있는 몸이 보일 뿐, 육체의 죽음은 경험하지 않습니다. 불가능합니다.

육체를 떠나기로 예정된 순간에 생명은 육체를 떠나고, 여러분은 저 밑에서 죽어 있는 육체를 목격하게 됩니다. 저기 있는 것은 그것이고, 여기 있는 것이 나입니다. 유체 이탈을 해 본 사람이라면 나는 여기 있고 저 몸은 저기 있는 그것일 뿐이라는 사실을 압니다. 그러니 하품하다가 입에 들어온 날벌레를 죽일까 봐 걱정하지 않아도 되고, 길을 걷다가 길벌레를 밟아 죽일까 봐 걱정하지 않아도 됩니다. 한번 알아봅시다. "내가 방금 말한 것은 사실이다." (긍정 반응) 파리는 자기가 방금 육체를 떠났다는 사실을 알아차리지도 못합니다. 전혀 눈치를 못 채고 계속 날아갑니다. 그러다 다른 몸으로 돌아옵니다. 내 고양이들도 그렇습니다. 우리는 고양이가 잘 때 꿈꾸는 시간이 많은지를 알아봤고, 그렇다고 측정되었습니다. 고양이는 자기의 꿈속 삶이 진짜라고 여길까요? 그렇습니다. 실제 삶에 비해 '거의' 진짜 같다고 여길까요? 아닙니다. 구분하지 못합니다. 재미있는 꿈속 삶을 살다가 현실의 고양이 친구들에게 돌아가면 그 삶도 재밌다고 여깁니다. 모두 하나의 삶입니다. 현실은 주관적이기 때문입니다. 객관적이지 않습니다. 과학자들은 "고양이의 진짜 삶은 당신 집 안에서 사는 것이고, 꿈속 삶은 진짜가 아니다."라고 할 것입니다. 지성은 주제가 너무 한정되어 있음을 알 수 있습니다. 나는 과학자들이 안됐다는 생각이 듭니다. 나도 과학자였지만요. (웃음)

그래서 진실을 찾아 깊은 지옥까지 들어갔던 것입니다. 지성 안에서는 찾을 수 없었으니까요. 집에 스물세 번은 깨닫게 해 줄 만큼 책이 많았습니다. '서양의 위대한 책들'을 모조리 읽은 분 있습니까? 아무도 없나요? 아이고, 창피한 줄 아세요. (웃음) 시간을 많이 아껴 드리겠습니다. 진실은 지옥에 없습니다. 그러니 지옥 여행은 안 해도 됩니다.

여러분의 팔을 강하게 만드는 것은 200 이상으로 측정됩니다. 약하게 만드는 것은 200 미만으로 측정되고요. 세계 인구의 85퍼센트가 그렇습니다. 이 행성에서 도달 가능한 궁극의 의식은 1,000으로, 지극히 드문 것입니다. 몇백 년에 한 번 있을까 말까 합니다. 600은 천만 명 중 한 명꼴입니다. 무조건적 사랑의 수준인 540에 이른 사람은 세계 인구의 0.4퍼센트입니다. 심장 차크라의 수준, 사랑의 수준인 500에 이른 사람은 4퍼센트입니다. 세계 인구의 4퍼센트가 가슴에 바탕합니다. 0.4퍼센트는 무조건적 사랑에 바탕하고요. 이러니 성인聖人이 얼마나 희귀한지 알 수 있습니다. 그래서 시성을 축하하는 것이고요. 성인이 흔한 존재라면 성인에 관한 책 같은 것은 나오지 않을 것입니다. 성인은 희귀합니다.

그러면 세상은 대체로 어느 수준일까요? 의식의 지도의 맨 위쪽에 있는 사람은 불과 몇 안 됩니다. 그런데 왜 세상이 아래쪽으로 무너져 버리지 않을까요? 의식 수준은 그 파워의 로그 값입니다. 의식 수준이 올라갈수록 파워는 10의 제곱의 제곱의 제곱……이 되어 맨 위쪽에서는 실로 엄청나게 커지기 때문에 전 세계의 부정성을 모두 상쇄할 수 있습니다. 1,000의 존재 하나가 지구상의 모든 부정성을 뒤엎습니다. 1,000 수준의 아바타 한 사람이 인류의 부정성 전체를 상쇄합니다. 미국은 421로 측정됩니다. 즉 우리 사회는 400대입니다. 지성, 대학 진학, 책임감, 청구서 완납, 예의 바름을 중시합니다. 400대는 이성의 수준이고, 그래서 우리는 세상 사람들이 이성적이고 논리적이기를 바랍니다. 이게 얼마나 바보 같은 입장인지 알겠죠? (웃음)

의식의 지도상에서 중동은 200보다 아래쪽에 있고 미국은 400보다 위쪽에 있습니다. 이 아래쪽 사람이 여러분과 맺은 계약을 지킬 것 같습니까? 아돌프 히틀러는 당시의 영국 외무부 장관과 평화 협정을 체결했습니다. 당시 영국 총리는 180에서 190, 히틀러는 80 정도였고 협정을 지킬 의사가 없었습니다. 그 수준의 사람들은 이성과 윤리에 따라 살지 않으니까요. 영국 측은 히틀러가 서명한 평화 조약을 가지고 돌아갔고, 히틀러는 회담장을 나서자마자 배꼽을 잡고 웃었습니다. "우리가 조약을 지킬 거라고 생각하냐, 이 멍청한 것들아!" 하면서요. 마치 마약 딜러가 "그래, 이번 코카인 선적 건으로 2,000만 달러 줘야지. 월요일까지 꼭 보낼게. 당신은 수표 오기만 기다리면 돼." 하는 것과 같습니다. 이것이 우리가 국제 관계에서 해 온 일입니다. 수 세기 동안 국제 관계에서 성공하지 못한 것은 대화하는 상대방의 의식 수준을 제대로 이해하지 못했기 때문입니다. 대화 상대방이 400대라면 계약을 지킬 것입니다. 이성과 논리의 세계에는 법이 있고 계약이 있으니까요. 국제 협정, 국제 협정 운운하는데 우스꽝스러운 일입니다. 누구와 국제 협정을 맺는 건데요? 이 아래쪽 사람들은 그런 걸 농담이라고 생각합니다.

이제 대다수 인류가 어느 수준인지 알아보겠습니다. 현재의 평균 의식 수준은 약 207입니다. 역사를 통틀어 인류의 의식 수준은 얼마였을까요? 시간을 거슬러 올라가 보면 네안데르탈인은 70이 나옵니다. 크로마뇽인, 호모 에렉투스 등 사람과科 동물의 의식 진화를 추적해 보면 말이죠. 우리도 사람과 동물입니다. 붓다 탄생 당시 인류의 의식 수준은 90이었습니다. 예수 그리스도 탄생 당시는 100이었고요. 1400년대, 1700년대 등 백 년 단위로 추적해 보면 인류의 의식 수준이 계속해서 190이었다는 것을 알 수 있습니다. 인류의 의식 수준은 1900년대, 2차 세계대전 기간, 1950년대까지 계속해서 190에 머물다가 1980년대 후반에 갑자기 207로 도약했습니다.

즉 인류의 의식 수준은 거의 모든 세기를 통틀어 진실성의 수준인 200에 미치지 못했습니다. 이것이 이반 4세의 폭정이나 종교 재판이 벌어진 이유고, 몽골족이 들이닥쳐 수백만 명을 학살한 이유입니다. 몽골족은 정복하지 않았습니다. 그냥 학살했습니다. 그런 뒤에 사회적으로 큰 진보가 있었는데, 그것이 노예제입니다. 학살하는 대신 팔아먹는 게 낫다는 걸 알게 된 것입니다. 노예제가 발생한 맥락을 보세요. 노예제가 악일까요, 아닐까요? 죽느니 금화 몇 닢에 팔리는 편이 나을 수도 있습니다.

반대로, 어느 생에서 나는 죽는 게 낫겠다 싶었습니다.

갤리선에서 노 젓는 노예였기 때문에 노예로 산다는 게 어떤 건지 알았으니까요. 그 생에서 나는 내 참모습이 영이라는 것을 알게 되었습니다. 고통이 극심한 데다 목숨을 부지하려면 계속해서 그 잔인하고 잔혹한 학대를 견뎌야 했는데, 문득 이런 생각이 들었습니다. '저들은 나를 잡아 둘 수 없어. 죽으면 돼.' 그리고 나는 육체를 떠났습니다. 세상에, 자유를 얻은 겁니다. '이 세상에 머물려고 고문당할 필요가 없어.' 이러고는 나는 내가 죽게 내버려 뒀습니다. 그들을 엿 먹였고요. 굉장한 발견이었습니다. 와우, 와우. '다시는 누구도 날 때릴 수 없어. 그냥 놓아 버리고 잘 있어라 하면 돼.'

* * *

호킨스 박사는 시대를 통틀어 인류의 의식 수준 측정치를 설명했습니다. 그의 마지막 이야기는 흥미진진했습니다. 몇백 년 전으로 거슬러 올라가는 과거 생에서 그는 노예였다가 결국에는 스스로 죽음을 선택했고, 그렇게 선택함으로써 진정한 자유를 죽음 속에서 발견했습니다.

호킨스 박사가 공유한 새로운 통찰을 받아들이면 우리의 인식이 어떻게 달라질 수 있을까요? 예를 들어, 죽음의 순간이 미리 정해져 있기에 더 이상 죽음의 손아귀로부터 자신을 보호할 필요가 없다는 사실을 우리 존재의 모든 세포가 안다면, 여러분의 인생 경험은 어떻게 달라질 수 있을까요? 여러분의 삶은 두려움을 바탕한 생각에 어느 정도로 지배되고 있나요? 현재 자신이 사는 모습이나 내면에서 불쑥 치솟는 두려움을 찬찬히 살펴보세요. 종일 두려움에 꽂혀 있는 바람에 얼마나 에너지를 잃고 있나요? 두려움에 지배당하는 바람에 얼마나 파워를 잃고 있나요? 두려움이 솟을 때마다 그것을 항복하는 쪽을 택할 수도 있습니다. 그렇게 하면 힘이 나고 마음의 평화를 얻을 것입니다.

6장

성공 게임을 지배할
파워를 얻으려면

The Highest Level
of Enlightenment

성공에 대한 우리의 인식은 이 시대의 문화에 영향을 받을 수밖에 없어, 그 인력에서 벗어나는 것은 때로 쉽지 않은 도전이 될 수도 있습니다. 이 장에서 호킨스 박사는 성공 게임을 지배할 파워를 얻는 길에 대해 통찰을 공유합니다. 샘 월튼과 월마트의 성공을 예로 들며, 세상이 어떻게 이전보다 한층 진실된 쪽으로 바뀌어 왔는지를 설명합니다.

이 장을 읽으면서 여러분의 가치관은 어떤지 고찰해 보세요. 무엇을 지향하고 있죠? 여러분 자신과 지구 전체에 최대한 기여하는 것인가요? 두려움과 결핍에 바탕한 것인가요, 아니면 믿음과 신뢰에 바탕한 것인가요?

* * *

1980년대 후반에 인류의 의식 수준은 알 수 없는 이유로 207이라는 놀라운 수치로 상승했습니다. 숫자상으로만 보면 큰 차이 없는 것 같지만, 인류는 대단히 중요한 경계선을 넘어섰습니다. 200 미만이면 경계선 아래에 있는 것이고 200 이상이면 경계선 위에 있는 것입니다. 삶과 죽음의 차이만큼이나 차이가 큽니다. 190 수준에서는 엔론Enron* 같은 데서 벌인 일도 용납이 되지만, 207 수준에서는 더 이상 용납되지 않습니다. 세상이 그렇게 바뀌었습니다.

내가 어렸을 때는 누구나 성공해야 했습니다. 대학을 나오고 돈을 벌고 새 차를 사야 마땅했습니다. 성공이 가장 중요했습니다. 태양신경총에 지배되는 세계에서는 더 큰 차와 더 대단한 직함을 가져야 합니다. 최신형 차여야 하고요. 최신형이 왜 중요하죠? 나는 84년식 캐딜락을 몹니다. 다 커서 캐딜락을 가졌지요. 캐딜락이 최고였기 때

---

* 1985년에 창립된 미국의 에너지 기업으로 한때 미국의 7대 기업으로 꼽힐 정도로 규모가 커졌으나, 방만한 경영과 희대의 분식 회계 사건으로 2007년에 파산했다.

문에 '언젠가는 가질 것'이라고 생각했고, 그래서 갖고 있습니다. (웃음)

나는 이득, 성공, 도전, 챔피언, 승리, 태양신경총 게임이 중요한 세상에서 성장했습니다. 성공 게임이 벌어지는 세상이었기 때문에 비즈니스와 교회는 완전히 별개의 것이었습니다. 아무도 그 둘을 뒤섞지 않았습니다. 다른 강연에서 정장에 넥타이 차림인 남자는 절대 믿지 말라고 이야기한 적이 있습니다. 보다시피 나는 그런 차림이 아니고요. 하지만 내가 그렇게 차려입으면 조심하세요. (웃음) 약삭빠르게 거래하려 들 것이니까요. 머릿속이 달라집니다.

다들 일터에서는 비즈니스와 영적 진실을 뒤섞지 않습니다. 땅콩 자판기를 더 팔아야 한다면 불쌍한 늙은 농부에게 진실을 말하지 않고, "이봐요, 여기저기 있는 자판기에 푼돈으로 투자해요."라고만 말하는 겁니다. 어렸을 때 어떤 남자가 내게 그런 일을 시키려고 했습니다. "농부들한테 양말에 모아 둔 동전으로 땅콩 자판기에 투자하라고 해. 넌 그냥 돌아다니면서 기계 열고 돈 꺼내 오는 일을 하고. 물론 땅콩 다 팔리는 데 1년 걸린다는 건 얘기하지 마. 매주 다 팔리는 줄 알거든. 자판기에 투자한 돈을 돌려받을 수 있을지 없을지는 그들 문제야."

그런 다음 남자가 했던 말이 정확히 기억납니다. 비즈니스가 돌아가는 방식을 보여 주는 말이었죠. "내가 그들의 돈을 먹지 않으면 다른 사람이 먹을 거야." 결정적인 한마디죠? 여기 모인 청중의 절반은 설득할 수 있는 말입니다. 그런 식으로들 진실성을 팔아먹었습니다. 그게 1940년대 초쯤이었나? 정확히 언제였는지는 모르겠지만 당시에 진실성은 비즈니스의 목적이 아니었습니다. 당시 비즈니스는 진실성을 추구하려는 것이 아니었습니다. 월마트가 생기기 전이었고, 서로 다른 두 세계가 있었습니다. 당시에는 비즈니스와 영적 실상을 뒤섞지 않았습니다. 비즈니스가 현실 세계였고, 교회는 일요일만의 세계였습니다. 서로 다른 세계였습니다.

* * *

월마트는 진실성의 모범 사례입니다. 샘 월튼이 살아

있을 당시 월마트의 의식 수준은 385였습니다. 그를 『의식 혁명』에서 다룬 것은 그의 비즈니스 원칙 때문이었고요. '와, 이 사람은 진실성에 바탕한 회사를 경영하고 싶어 하네.'라고 생각했습니다. 당시에 월마트는 아직 세계 최대의 기업이 아니었습니다. 나는 샘과 편지를 주고받았습니다. 그와 월마트를 측정해 보니 월마트가 300대 후반으로 나와 『의식 혁명』에 기록해 두었죠.

현재 월마트는 전 세계에서 가장 큰 기업입니다. 샘이 살아 있을 때만큼 높게 측정되지는 않습니다. 기업의 수준은 원래 그런 식입니다. 그는 밝게 빛나는 존재였지만, 원칙을 정립해서 남겼습니다. 그 덕분에 월마트는 여전히 높습니다. 여전히 365 정도는 됩니다. "비즈니스와 교회는 별개"라고들 할 때 샘이 정립한 원칙은 "제대로 안 되면 돈을 돌려준다는 옛날 미국 중서부식 가치관을 갖자."는 것이었기 때문입니다.

월마트는 여전히 대기업 중에서 가장 높게 측정됩니다. 그래서 막강한 것이고요. 다른 어떤 기업도 365에 근접하지 못합니다. 가장 가까운 기업이 200대 정도입니다.*

---

* 『진실 대 거짓』에 더 정확한 기업의 의식 수준 목록이 나온다.

우리가 발견한 불행한 사실이 또 있습니다. 《포춘》지 선정 500대 기업을 경영하는 CEO들의 평균 의식 수준은 얼마인지를 알아봤더니 198이 나왔습니다. 그러니 두 눈 똑바로 뜨고 살아야 합니다, 여러분.

흥미롭게도, 190 수준에서는 제재받지 않고 넘어갈 수 있던 일이 207 수준에서는 그렇게 넘어가지 못합니다. 이제야 그렇게 된 것은 에너지장이 사람들의 생태 전체에 심대한 영향을 미치기까지는 꽤 오래 걸리기 때문입니다. 전에는 되던 일이 207에서는 되지 않습니다. 그래서 거대 기업들이 몰락하고 있습니다. 매일 새로운 거대 기업이 중도 하차하고 있습니다. 어느 부패한 정권은 세상 사람들에게 찍혀 "똑바로 헤리, 제대로 하거나 그만둬라." 같은 소리를 듣고 있습니다. 국민을 고문하고 재산을 빼앗는 부패한 독재 정권은 몇 년 전만 해도 꽤 흔했습니다. 몇 안 되는 정부 형태들 중에서 잔인한 독재 정권은 말하자면 역사적으로 유서가 깊은 것입니다. 독재자들이 여전히 세계 곳곳에서 통치합니다. 하지만 190 수준에서는 넘어갈 수 있던 일에 대해 207 수준에서는 모두가 주목하고 언급하고 압력을 가하고 대중의 힘을 모으기 시작합니다. 세상이 바뀌고 있습니다. 207의 세계는 190 수준에서는 넘어갔던 일을 더 이상 용납하지 않을 것이라, 월스트리트에서만 아니라 전 세계에서 목이 달아나는 광경을 보게 될 것입니다. 이런 현상은 앞으로도 계속될 것으로 예상되고요.

형상의 한계에서 벗어나면 파워가 커지는 것을 볼 수 있습니다. 의식의 지도 맨 위쪽의 이 파워가 여러분이 살아남을 것임을 보장합니다. 죽기 전까지는요…… 응? (웃음)

큰나Self의 파워가 우리의 생존을 보장합니다. 하지만 에고는 우리로 하여금 자기가 우리의 생존을 책임지고 있다고 생각하게 만듭니다. 에고는 "내가 이토록 영리하지 않았으면, 내가 비타민 등등을 먹으라고 널 챙기지 않았으면 넌 이미 죽어서 뻣뻣해졌을 거야."라고 속삭입니다. 즉 '모든 일의 원인인 분리된 나가 존재한다.'는 착각이 이원성 때문에 일어나는 것이 문제입니다. 무한한 일체oneness인 총체totality와 분리되어 있는 개인적인 나가 존재한다는 착각입니다. 이 자기중심적인 지점이 에고의 핵이고 우리는 그것이 모든 일의 원인이라고 추정합니다. 인과관계를 믿는 한 이것이 저것을 유발한다는 이원성에 갇혀 있게 됩니다. 비이원성을 통한 깨달음의 길은 그런 상반되는 것들이 사라지게 합니다. 어떻게 하면 *저것*을 유발하는 이것을 없앨 수 있을까요?

내가 세 살 때 실재함 대 실재하지 않음, 실상 대 비실상 unreality의 대립이 시작되었습니다. 어떻게 하면 상반되는 것들을 없앨 수 있을까요? 상반되는 것들을 없앨 수 있는 열쇠를 앞서 이야기했죠. 이것은 저것과 상반되는 것이 아닙니다. 초콜릿 아이스크림과 바닐라 아이스크림이 상충하지 않듯이 이것과 저것은 상충하지 않습니다. 그러니 상반되는 것들의 이원성을 얼른 이야기해 봅시다. 이때 점심시간이 되기 전까지는 여러분이 에고를 초월해야 하니까요. (웃음) 여러분의 에고한테 원투 펀치를 날릴 겁니다. 아까 여러분이 나한테 커피를 줄 때, 내가 "이제 여러분은 큰일 났다."고 했으니까 말이죠. (웃음) 숲속에서 살며 여생을 보내고 있는 나한테 사람들이 자꾸 찾아와서 "강의도 하고 사람들과 이야기도 해야 한다."고 합니다. 그래서 내가 여기 와 있는 것이고, 아까 "누구 에스프레소 같은 것 좀 있냐?"고 한 겁니다. (웃음) 커피를 마셔 놓아야 마음의 이원성에 다시 활기가 북돋워지니까요.

안 그러면 여러분은 내가 그냥 넋이 나가 있다고 볼 겁니다.* (웃음)

초콜릿과 바닐라가 대립한다는 것은 착각입니다. 정치적인 것을 포함해 세상의 모든 이원성이 마찬가지입니다. 내가 열정적으로 이것일 수는 있지만, 그렇다고 저것을 미워할 필요는 없습니다. 동의하지 않을 수는 있지만, 그래도 미워할 필요는 없습니다. 전혀 그럴 필요가 없습니다. 그러는 것은 아무 도움도 안 됩니다. 정반대의 결과만 가져오니까요.

에고의 토대는 이원성입니다. 저것을 유발하는 이것이 있고, 저것의 원인인 분리된 나가 있는 이원성입니다. 어떻게 하면 상반되는 것들의 양극성을 초월할 수 있을까요? 이것은 깨달음에 이르는 길에서 넘어서야 하는 아주 큰 영적 고개입니다. 에고는 위쪽과 아래쪽, 이것과 저것을 가르는 이원성이 있다고 생각합니다. 하지만 실제로는 그렇지 않습니다. '좋다'와 '나쁘다'를 예로 들어 보죠. '좋다'와 '나쁘다' 사이에 차이가 있다는 것을 모르는 사람

---

* 저자의 에스프레소 커피 애호는 유명했다. 참고로, 이 책의 229쪽에도 "마음에 다시 활기를 북돋우어… 정상인처럼 보이도록" 한다는 이야기가 나온다.

있습니까? 농담입니다. 이원성을 받아들이고 나면, 이원성은 존재하지 않는 것임을 알게 됩니다. 하나의 실상만 존재합니다.

우리는 좋음이 있거나 없는 정도를 압니다. 다양한 좋음이 있으니까요. 그래서 우리는 '환상적으로 좋다, 그런 대로 괜찮다, 아주 좋지는 않다, 안 좋다, 별로다, 끔찍하다.' 등으로 좋음의 정도를 표현합니다. 사랑도 다양한 정도가 있습니다. 하지만 변수는 사랑 하나뿐입니다. 여기에는 큰 사랑이 있고 저기에는 전혀 없다고 합시다. 하지만 이 둘은 상반되는 것들이 아닙니다. 사랑이 존재하는 정도의 차이들일 뿐입니다. 변수가 하나이지 둘이 아닙니다.

열에 대해서도 마찬가지로 바라볼 수 있습니다. 사람들은 뜨거움과 대조되는 차가움, 차가움과 대조되는 뜨거움을 말합니다. 하지만 대조되지 않습니다. 열이 많이 있거나 그리 많이 있지 않을 뿐입니다. 눈더미 속처럼 열이 거의 없으면 꽁꽁 얼어붙고 마는 것이고요. 뜨거움 대 차가움이 아닙니다. 열의 존재이거나 열의 부재입니다. 알겠습니까? 가치라는 것은 우리가 사물에 부여하는 어떤 것입니다. 모든 가치는 우리 머릿속에 있습니다. '값지다, 멋지다, 죽인다, 반품하고 환불받아야 한다, 역겹다.' 이 모두가 호감의 정도를 표현하는 말이고, 변수는 호감 하나뿐입니다.

사람들은 빛이 어둠의 반대말이라고 합니다. 하지만 빛과 어둠 같은 말은 언어화의 수단일 뿐, 거기에 실상은 없습니다. 어둠과 반대되는 빛 같은 것은 없습니다. 많은 빛이 있거나 많지 않은 빛이 있을 뿐입니다. 빛 대 어둠 같은 것은 없습니다. 선 대 악 같은 것은 없습니다. 어떤 것이 많거나 많지 않을 뿐입니다. 부자와 빈자는 상반되지 않습니다. 돈이 많거나 많지 않을 뿐입니다. 부자와 빈자는 지역에 따라 좌우되기도 합니다. 세계의 어떤 지역에서는 나를 웬만한 부자로 볼 것입니다. 다른 지역에서는 시궁쥐처럼 가난하다고 볼 것이고요.

모든 것은 조건에 좌우됩니다. 진실이라고 하는 것은 늘 조건부입니다. 맥락에 좌우되니까요. 맥락을 명시하지 않았다면 어떤 것도 진실이 아닙니다. 진실은 맥락을 명시하지 않으면 정의될 수 없습니다. 그리고 바로 이 때문에 '서양의 위대한 책들'은 끝내 진실의 정의에 도달하지 못했습니다.

예수회 대학교에서 신학을 공부할 때 나는 무신론자였습니다. 내가 늘 전 과목 A를 받으며 짜릿함을 느낄 때, 다른 친구들은 D를 받았습니다. 그들은 너무 경건해서 D를 받았고, 나는 그런 허튼소리를 믿지 않아서 A를 받았습니다. (웃음) 아리스토텔레스 철학에 근거해 토마스 아퀴나스가 제시한 신의 실재 증명이 제1원인 문제로 귀착될 뿐임을 꿰뚫어 봤던 기억이 납니다. 그 증명이 심지어 지적으로도 오류임을 알 수 있었습니다. 어떤 것도 원인이 존재하지 않으니까요. 설사 원인이 있더라도 원인의 급class이 같을 수는 없다는 말입니다. 무수한 당구공들의 끝없는 연쇄만 존재할 뿐 당구공을 굴리기 시작한 위대한 당구공 같은 것은 존재할 수가 없으니까요. (웃음)

창조라는 주제를 한 번 더 다루고 싶습니다. 인과관계에 대해 이야기하다 보면, 사람들이 어쩌다 '갑자기 나타나 우주를 창조한 다음 사라져 버린 신'이라는 개념에 속아 넘어가게 된 건지 알 수 있으니까요. 주사위를 굴리고 결과는 운에 맡기는 신이 우주를 창조했다는 이야기인데, 생각해 보면 모든 게 말도 안 됩니다. 5일인지 며칠인지 만에 했다는데, 여기서 1일은 지구가 한 바퀴 자전하는 시간입니다. 지구가 아직 없는데 어떻게 5일 만에 하죠? 자전해서 5일을 내놓을 지구가 없는데? (웃음) 모든 게 말도 안 된다는 얘깁니다. 하지만 어쨌든 이 이야기의 본질은 진실입니다. 창세기는 구약 성서 중에서 200 이상으로 측정되는 세 권 중 하나로, 600 이상으로 측정됩니다. 그리고 창세기에서 실제로 말하고자 하는 것은 나타나 있지 않은 것에서 나타나 있는 것이 빛으로 출현하는데, 그것이 신성의 에너지이고 이 에너지가 물질에 작용하면 생명의 형태를 띤다는 것, 이렇게 모든 나타나 있는 것은 나타나 있지 않은 것에서 생겨난다는 것입니다.

실상은 시작도 없고 끝도 없기 때문에, 실상은 시간과 차원을 넘어서 있기 때문에, 설명해야 할 우주의 시작도 없고 걱정해야 할 우주의 끝도 없습니다. 실상에는 시작되거나 끝나는 일들이 있을 수 없고, 마찬가지로 지금이나 시점 같은 것도 있을 수 없습니다. 그런 것은 모두 인식입니다. 지금을 '지금'이라고 부르고 싶으면 그것이 지금입니다. 어느 시점을 '시점'이라고 부르고 싶으면 그것이 시점입니다. 하지만 실상에는 그런 것이 전혀 없습니다.

존재하는 모든 것은 늘 있었습니다. 이는 지금그러함nowness의 사안이 아닙니다. 늘그러함alwaysness의 사안입니다. 갑자기 창조자가 나타나 우주를 창조하고 사라진 다음 심판의 날에 "안녕, 어떻게들 됐어?" 하는 일은 현실적으로 불가능합니다. (웃음) 창조자가 주사위를 굴린 다음 놀란 닭처럼 사라져 버린 겁니다. 숨은 거죠. 저 위에서 웅크리고 있을 겁니다. 여러분이 가 보면요.

심판의 날을 이야기하는 것은 카르마란 연속적으로 진행 중인 것이기 때문입니다. 우주에는 불연속성이 있을 수 없습니다. 그래서 사람의 카르마적 성향도 지속됩니다. 스스로 하는 모든 선택에 의해 지속됩니다. 그러니 우리가 신판의 날을 정합시다.

심판의 날은 매일입니다. 계속해서 진행 중인 불가피한 것입니다. 심판의 날은 신의 정의justice가 절대적임을 나타냅니다. 신성의 무한한 장은 거대한 전자기장과 같고 여러분은 그 장 속의 고운 쇳가루와 같습니다. 그래서 여러분이 어떤 사람인지, 어떤 결정을 하는지에 따라 매 순간 장 안에서 어디에 있을지가 결정됩니다.

여러분은 이미 바로 지금 무한한 심판의 대상이 되어 있습니다. 내일까지 심판을 기다릴 필요가 없습니다. 신성의 무한한 공간 속에서 당신의 실상이 어디에 위치하는지 이미 심판받은 결과가 바로 오늘입니다. 당신이 어떤 사람인지는 당신이 순간순간 잇달아서 어떤 사람인지에 달려 있습니다. 그렇기에 신의 정의는 절대적이고, 따라서 우리는 모두 안전합니다.

* * *

호킨스 박사는 우주의 창조, 카르마, 심판의 날에 관한 통념에 이의를 제기했습니다. 실재하는 어떤 것도 원인이 없으며 시간이 환상이라면, 우리의 두려움은 대부분 현실적 근거가 없습니다. 그렇다면 우리가 허구의 산물에 관여하는 데 얼마나 에너지를 쏟고 있는지 자문해 볼 만합니다. 인식은 순식간에 변화할 수 있다는 것을 잊지 마세요. 선택은 여러분의 몫입니다.

7장

전쟁이 평화의
부재임을 알면

The Highest Level
of Enlightenment

이 장에서 호킨스 박사는 전쟁과 평화의 개념을 확장합니다. 읽으면서 '나는 현재 내 삶에서 어떤 전쟁을 만들어 내고 있는지' 자문해 보세요. 평화를 선택할 수 있을 것 같습니까? 평화를 선택하면 무엇이 어떻게 달라질까요? 내면의 전쟁으로 고통받고 있다면, 평화는 늘 존재하면서 우리가 완전히 받아들이기만을 기다린다는 것을 잊지 마세요.

* * *

사람들은 전쟁과 평화가 상반되는 것이라고 생각합니

다. 전쟁과 평화는 상반되는 것이 전혀 아닙니다. 사람들은 아무도 총에 맞지 않고 있으면 평화롭다고 생각합니다. 하지만 평화롭지 않습니다. 전쟁 덕분에 먹고사는 것들이 여전히 활개치니까요. 사실은 평화 시위도 그중 하나입니다. 나는 평화 시위에 안 나갑니다. 너무 위험해서요. (웃음) 경찰, 경찰견, 물 대포, 헬멧 쓰고 곤봉 든 사람들……. 아니요, 난 됐습니다.

평화는 진실이 우세할 때의 자연적 상태입니다. 평화는 장場입니다. 장 자체가, 그 자연적 상태가 곧 평화입니다. 진실이 우세하면 자동적으로 평화롭습니다. 전쟁은 폭력과 무관합니다. 전쟁은 거짓이 우세할 때의 자동적 상태와 상관있습니다. 그러므로 전쟁의 반대말은 평화가 아닙니다. 전쟁이 거짓 우세 상태라면 전쟁의 근간은 무지, 즉 진실과 거짓을 구별하지 못하는 무능력이라고 할 수 있습니다.

『의식 혁명』이 매우 놀라운 책인 것은 인류 역사상 처음으로 진실과 거짓을 구별하는 법을 포착한 책이기 때문입니다. 이렇게 말할 수 있는 것은 책에 대해 자만심을 느낄 '나'가 없기 때문입니다. 나는 그저 『의식 혁명』 집필의 목격자였습니다. 이 책이 나옴으로써 인류의 카르마가 바뀌었습니다. 그 이전까지는 높은 수준에 이른 신비가를 제외하면 누구도 진실과 거짓의 차이를 알려 줄 수 없었습니다.

전쟁의 근간은 무지입니다. 역사 채널에서 나치 독일의 역사와 히틀러 청소년단의 성장 과정을 볼 때면 가슴이 아픕니다. 그들은 자기들이 보이 스카우트 캠프에 가는 줄 알았기 때문입니다. 그들은 의욕에 불타 손을 잡고 조국을 위해 용감한 일을 했습니다. 순진했기 때문입니다. 인간의 마음은 하드웨어일 뿐이어서 진실과 거짓을 구별할 능력이 없습니다. 사회가 설치하는 것은 소프트웨어이고 하드웨어는 바뀌지 않습니다. 기적 수업에서는 순진함은 어떤 일이 있어도 더럽혀지지 않는다고 말합니다. 즉 하드웨어 자체는 소프트웨어에 영향받지 않습니다. 거기에 사회가 소프트웨어를 설치하지만, 내면의 순진한 아이는 여전합니다. 1930년대의 히틀러 청소년단을 보면, 국가에 대한 자부심이나 조국과 의무에 대한 헌신적 사랑이 엄청났습니다. 다들 어린 이글 스카우트 Eagle Scout 같았습니다. 하지만 그런 순진함은 결국 학살로 이어졌습니다. 지난 세기에 그런 순진함 때문에 1억 명의 사람들이 죽었습니다, 1억 명이.

붓다도 예수 그리스도도 인간의 문제는 하나뿐이라고 했습니다. 그것은 '무지'입니다. "그들을 용서하라. 그들은 자신이 무엇을 하는지 모른다." 역시 붓다는 유일한 죄는 무지라고 했습니다. 당시 인간의 의식이 진화한 정도가 진실과 거짓의 차이를 배울 만한 카르마를 얻은 수준에는 이르지 못했기에, 붓다나 예수가 해 줄 수 있는 최선의 말은 "그들의 열매를 보면 그들을 알 수 있다."는 것이었습니다. 1만 명의 민간인 학살을 보고는 "내 생각에, 저게 그자가 어떤 사람인지 알려 주는 열매 같아." 하거나 민간인 폭격을 보고는 "내 생각에, 그자가 지 윗 수준인지 의심스러워. 아닌 것 같아." 하는 것입니다. 모두가 이러지는 않습니다. 나서서 그자를 옹호할 사람들 또한 결코 적지 않습니다. 인류는 진실과 거짓을 분별할 수 없습니다. 따라서 지도자와 과대망상증 환자를 분별할 수 없습니다.

내가 지금 쓰고 있는 책*에서는 과대망상을 폭넓게 다

---

* 『진실 대 거짓』을 말한다.

룹니다. 과대망상증 환자와 지도자를 구별하지 못하고 히틀러와 예수 그리스도를 구별하지 못합니다. 그래서 독일 국민은 신 대신 총통을 숭배했습니다. 병적으로 자기중심적인 에고광egomaniac이 신을 대신하면 사람들은 그 에고광을 숭배합니다. 그런 숭배를 받던 스탈린, 히틀러 같은 지도자들은 모두 100 아래로 측정됩니다.

결과적으로 에고는 프로그래밍 되어 양극화된 입장성을 갖습니다. 에고는 진실과 거짓을 구분하지 못합니다. 조셉 괴벨스는 거짓말도 충분히 반복하면 모두가 믿게 된다고 했습니다. 실제로 그런 것으로 밝혀졌고요. 모든 정치인이 알고 있는 사실입니다. 몰랐다면 애초에 당선되지도 못했을 겁니다. 사람들의 에고를 프로그래밍 해서 입장성을 갖게 하는 것은 쉬운 일입니다. 진실을 왜곡하기만 하면 되니까요.

그리고 이제 처음으로 인간의 생존을 이어 갈 만한 힘이 사회 내에 있습니다. 이제 역사상 최초로 사회 내에 자생력이 있습니다. 190 수준에서는 러시아 사람들이 전쟁에서 패할 경우 자기들이 계획하던 궁극의 원자폭탄을 터뜨릴 가능성이 충분히 있었습니다. 엄청난 폭탄이 지구상의 생명을 전멸시킬 가능성이 명백히 있었습니다. 200 미만인 것은 자기의 모든 에너지를 파괴에 바치며 모든 생명을 전멸시키는 것이 궁극적 기쁨이니까요. '전 인류를 다 죽인다.' 이 정도면 에고광에게 강렬한 행복감을 주지 않을까요? 이것이 그런 식으로 생각하는 사람들을 외교나 정치로 다룰 수 없는 이유입니다. 우리는 그런 것은 상상도 하지 못하니까요.

여러 전쟁을 측정해 보면 진실 대 거짓의 입장 차이를 알 수 있고, 그것이 인류에게 어떤 결과를 가져왔는지도 알 수 있습니다. 역사를 통틀어 어떤 것이든 측정할 수 있습니다. 그래서 우리는 나폴레옹의 전투도 측정했습니다. 모든 사람의 입장, 모든 정치인의 입장, 국가의 입장, 결과에 영향을 미치는 요인 등을 측정해서 게임판이 어떻게 짜여 있는지를 알면 문제의 해결책이 명확해집니다. 그동안 해결에 성공하지 못했던 것은 진실의 수준을 측정할 수 없어 게임판이 어떻게 짜여 있는지 몰랐기 때문입니다. 제2차 세계대전 전 영국 총리 네빌 체임벌린은 히틀러와 평화 조약을 체결했습니다. 당시에 체임벌린은 180 내지 190 정도였고, 히틀러는 80 정도였습니다. 180인 사람과

80인 사람 사이의 평화 협정이 지속되지 못했다는 것이 놀랄 만한 일일까요? 결국 영국은 체임벌린을 윈스턴 처칠로 교체해서 나라를 구해야 했습니다. 처칠은 510이었으니까요. 그리고 처칠과 루스벨트는 끝까지 싸우겠다는 진실성의 에너지가 있었습니다.

웰링턴 공작과 나폴레옹이 대결한 전투도 측정해 보면 재밌겠다 싶었습니다. 웰링턴 공작은 405, 나폴레옹은 75였습니다.

의식 수준의 전환이 일어난 사람들도 있었습니다. 그중 한 사람은 이 위쪽 수준에서 저 아래쪽 수준으로 바뀌어서 로스앨러모스 연구소*의 핵폭탄 기밀을 누설했습니다. 하이젠베르크나 베르너 폰 브라운 같은 사람들은 수상쩍게 여겨졌지만 진실성 수준이었고요. 로멜** 장군은 203이었습니다. 가미카제 조종사들은 390의 매우 헌신적인 사람들이었고, 독일의 공중전 담당 부대였던 루프트바페도 존경받을 만했습니다. 일본의 히로히토는 딱

---

* 제2차 세계대전 당시 세계 최초로 핵폭탄을 개발한 미국의 국립 연구소

** 독일의 군인. 제2차 세계대전 중 전차 사단을 능수능란하게 지휘해 '사막여우'로 불리며 영국군을 압도한 것으로 유명하다. 후에 히틀러 암살 미수 사건에 연루되어 음독 자살을 강제당했다.

200의 경계선 위에 있었고, 해군 사령관 야마모토는 조국을 위해 자신의 임무에 헌신했습니다. 모두 아주 흥미로운 측정 결과들입니다. 그 귀결도 알 수 있었고요. 국제연맹은 너무 무력해 전쟁을 막을 수 없었습니다. 185인 곳은 그럴 능력이 안 됩니다. 진주만 공격은 45였고, 독일의 청소년들에게 거짓말을 납득시켰던 괴벨스는 60이었습니다.

최악인 사람들도 측정했는데, 재미 삼아 해 본 경우가 호호 경Lord Haw-Haw입니다. 호호 경이나 도쿄 로즈Tokyo Rose는 전쟁 당시의 선전 공작원들입니다. 호호 경은 영국의 변절자로, 독일을 위해 반영反英 선전선동 방송을 했습니다. 이와 같이 정치적 상황이나 관련자 모두를 분석할 수 있습니다. 이제는 어떻게 돌아가는 게임인지 알기 위해 학살이나 폭격을 겪을 필요가 없습니다. 미리 정확히 진단하기만 하면 됩니다.

제2차 세계대전 때 510으로 측정되는 윈스턴 처칠 경이 어떻게 혼자 힘으로 세계를 더 큰 파괴로부터 구했는지 알게 된 것은 매우 고무적이었습니다. 호킨스 박사의 이야기를 읽다 보면, 보다 높은 수준의 의식으로 공명하는 한 개인의 파워가 그보다 낮은 수준으로 측정되는 수많은 사람들보다 세상에 훨씬 더 큰 영향을 미칠 수 있다는 사실이 매우 명확해집니다.

이러한 사실이 여러분에게는 어떻게 와 닿나요? 매일 매 순간 우리는 파워로 살 것인지, 포스로 살 것인지 선택할 수 있습니다. 사랑과 연민과 은혜는 우리 내면의 불꽃으로서 시작되어야 합니다. 먼저 자신을 완전히 받아들이고 사랑하기로 한 다음, 그 연민이 자신을 넘어 세상을 품도록 하는 것이 핵심입니다.

잠시 시간을 내서, 스스로 해 온 심판judgment을 성찰해 보세요. 살아가면서 어떤 것 때문에 자신을 벌하고 있나요? 특히 어떨 때 자신이나 타인을 심판하나요? 언제나 달리 선택할 수 있음을 잊지 마세요.

포스 대신 파워를 선택했던 것에 대해 자신을 칭찬하는 시간도 가져 보세요. 자신에게 진정한 파워가 있다고 느꼈던 상황을 떠올려 보세요. 그 경험을 잘 새겨 보고, 파워를 선택했던 것에 대해 기꺼이 자신을 인정하세요. 그러면 영적 깨달음의 길에서 몇 걸음 더 나아간 것입니다.

8장

고요함에 항복하려면

The Highest Level
of Enlightenment

불교 우화에 따르면 깨달음은 진정으로 원하면 쉽게 얻을 수 있는 것이라고 합니다. 이 상태에 이를 기본적 방법 가운데 하나는 항복의 기술을 익히는 것입니다. 고통과 환희, 도전과 승리, 사랑과 증오, 용기와 두려움 등 자신에게 나타나는 모든 양상을 신성에 항복하면 삶이 완전히 변화됩니다.

이 장에 들어가면서 호킨스 박사는 더 큰 깨달음의 세계와 신성한 상태들을 탐구합니다. 600 이상으로 측정되는 사람들은 에고의 환상을 분별할 수 있습니다. 또한 호킨스 박사는 에고란 실제로 어떤 것이고 나와 에고의 관계는 어떤 것인지를 명료하게 설명하며, 해결책은 에고/마음의 소음 너머에, 늘 존재하는 침묵 속에 있다고 이야기합니다. 고요함에 항복하면 스스로 지어낸 한정된 영역을 훨씬 넘어서는 세계에 눈을 뜨게 됩니다.

* * *

진실과 거짓을 구별할 수 있는 능력이 유용하다는 것
을 이야기했습니다. 이제는 인류가 그저 그날그날 살아
가는 것이 아니라 어떤 영적 진실성을 갖고 생존할 가능
성이 있다는 점도 이야기했습니다. 또, 사람들이 팩트부
터 파악할 수 있어야 하니 팩트에 도달할 수 있는 방법을
제시했습니다. 진실이 필요로 하는 객관성을 에고는 가
질 수 없습니다. 의식 수준 측정은 에고와 에고의 신념 체
계를 건너뛰고 숫자만 내놓습니다. 숫자는 특정 개인과
무관합니다. 숫자는 누가 선거에서 이기든 상관하지 않
습니다. 그래서 초콜릿의 입장과 바닐라의 입장을 숫자로
측정할 수 있는 기법은 실용적으로 매우 유용합니다.

사람들은 에고를 초월할 방법을 알고 싶어 합니다. 그
래서 에고의 토대가 인과관계의 추정이라는 것을 앞서
밝혔습니다. 에고는 저것을 유발하는 이것이 있다고 추
정합니다. 그런 다음 뜨거움 대 차가움, 선 대 악 같은 상
반되는 것들의 양극성에 기반해 자기의 구조를 구축합니
다. 이렇게 에고는 하나의 구조물로서 모든 입장성의 상

부 구조를 이루기 때문에, 에고를 초월한다는 것은 에고의 입장성들을 되무르는undo 것을 의미합니다.

의식의 지도®는 이제 꽤 널리 알려져 있습니다. 이 지도를 보면 600 이상까지 나와 있습니다. 600은 깨달음이고 그 이상의 수준은 깨달은 상태이자 신성한 상태입니다. 여러분이 영적 실상의 진실을 측정하고 싶다면 내가 신체운동학으로 수고를 덜어 드리겠습니다.

예로부터 전해 내려온 이 칭호들은 정의 가능한 영적 에너지들을 가리킵니다. 누군가의 환상에 불과한 것들이 아닙니다. 신이 환상일까요? 무신론자들은 신이 환상이라고 말합니다. 하지만 우리는 삼위일체로서의 신godhead의 파워가 무한하다는 것을 보여 줄 수 있습니다. 신성과 창조주가 무한한 것과 같습니다. 그리고 대천사는 5만 이상으로 측정됩니다. 로그값이 5만이라는 것이니 그 파워는 10의 5만 제곱입니다. 전압이 어마어마하게 높은 셈이죠.

지옥의 깊은 곳에서 한 개체*가 "신이 존재한다면 저

---

* 저자 본인을 말한다.

좀 도와주세요!"라고 외쳤습니다. 대천사의 한 생각이면 그를 건져 주기에 충분했습니다. 지나가던 대천사가 기도를 들은 것이 분명했습니다. (웃음) 세상에서 아바타라고 부르는 존재의 의식 수준은 985입니다. 이런 것을 정의할 수도 있고 측정할 수도 있다는 점을 보여 주고 싶었습니다. 평범한 의식에서는 에고가 "이것이 현실이네. 이것이 나네."라며 식별도 하고 말도 합니다. 하지만 영적으로 진보함에 따라 그런 식으로 식별하고 말할 때의 초점과 강도, 자기중심성이 약화되기 시작합니다. 그런 뒤에는 자아self의 정의 자체가 바뀌기 시작합니다. 마치 바다에 녹아드는 듯합니다. 투쟁이 없어지고 갈등이 없어집니다.

기적 수업에 대헤 마음에 들지 않는 점이 딱 하나 있습니다. 기적 수업의 연습서는 정확하지만 교과서는 오류가 있다고 봅니다. 교과서는 에고를 적으로 삼는 식으로 되어 있어 나와 에고가 양극화되기 때문입니다. 솔직히 말해 교과서는 연습서와 출처*가 다른 것 같습니다. 연습서는 내가 보기에 정확합니다.

---

* 헬렌 슈크만은 『기적 수업』이 자신이 쓴 것이 아니라 예수의 말을 받아 적은 것이라고 주장했다.

여러분은 이런 양극화를 원하지 않을 것입니다. 에고는 여러분의 적이 아닙니다. 에고는 자신의 정체성에 관한 환상일 뿐입니다. 이 환상의 토대인 에고의 이원적 구조는 여러분으로 하여금 나가 존재하며 이것이 저것을 유발한다고 생각하게 만드는 경향이 있습니다. 인과관계에 따른 결과로 사건들이 발생한다는 환상만 놓아 버리면 여러분은 마흔두 번의 생을 벌 수 있습니다. 마흔두 번의 생을 번다고! 이걸 난 이제 알았네. (웃음)

어떻게 하면 에고와의 동일시를 초월할 수 있을까요? 우선, 진실을 듣는 것 자체가 이미 영향을 미칩니다. 알아듣든 못 알아듣든 말이죠. 이 공간에 있는 모든 사람은 진실을 들은 것만으로 의식이 이미 도약했습니다. 붓다는 깨달음에 대해 듣기만 해도, 모든 생 내내 그보다 못한 것에 결코 만족하지 못하게 된다고 했습니다. 여러분은 들었습니다. 여기 있는 모두가 들었습니다. 깨달음보다 못한 것에 만족하지 못할 사람들이라 이 자리에 있는 것이니까요.

미래가 여러분의 현재를 만들어 냅니다. 여러분은 '내 과거가 나를 과거로부터 떠밀고 있다.'고, '내 과거에 내가 떠밀리고 있다.'고 생각합니다. 그렇지 않습니다. 여러분은 자신의 미래에 빨려 들어가고 있습니다.

여러분이 운명에 잡아당겨지는 것은 여러분이 이미 의지적 행위로 자신의 운명을 선택했기 때문이고, 그래서 지금 그 운명에 도달하는 데 필요한 것이 펼쳐지고 있는 것입니다. 그뿐입니다. 따라서 운명에 대해 불평할 이유가 없습니다. 물론 불평하고 싶으면 해도 됩니다. 불평하는 것에 대해서도 죄책감을 느끼지 마세요.

어떻게 하면 에고를 초월할 수 있을까요? 우선, 에고 같은 것은 존재하지 않습니다. 에너지들이 구조를 형성하려는 경향tendency만 있을 뿐입니다. 그래서 쉽게 되무를 수 있습니다. 되무르려면 두 가지 방법이 있습니다. 명상과 관상觀想을 하는 방법이 있고, 기도와 헌신을 하는 방법이 있습니다.

장과 하나가 되세요. 주로 장을 알아차리고 있다면, 나의 집착적이고 강박적인 면이 현재 당면한 어떤 것에 너무 사로잡혀 있어서, 그것이 나를 미치게 만들고 있지는 않은지 성찰하세요. 이를테면 전혀 중요하지 않은 세부 사항을 낱낱이 알려고 한다고 합시다. 점심값이 10,200원 이었나 10,700원이었나? 모릅니다. 알 게 뭡니까? 국세청에는 13,000원이었다고 할 겁니다. (웃음) 팁을 포함해서 장부 적는 수고를 더는 거죠. 팁은 영수증에 안 나옵니다. 그러니 영수증대로 해서 좋을 게 없습니다. 영수증에는 팁이 포함되어 있지 않으니까요. 아무튼 세상을 살아가면서 세부 사항에만 집중해서 다른 사람까지 미치게 만드는 사람들이 있습니다.

나, 큰나Self의 느낌. 이것이 곧 모든 것을 망라하는 시야vision입니다. 우리는 모든 일이 일어나고 있는 무한한 공간 속에서 살고 있습니다. 중심 시야가 아닌 주변 시야에 집중한다는 것은 상황 전체를 알아차리는 것이라고 할 수 있습니다.

예를 들어, 이 강연장의 전체 상황은 어떤 것일까요? 이 자리에서 할 이야기와 이 자리에서 들을 이야기에 대해, 여기 있는 우리 모두와 여기 있는 우리의 에너지가 의도하는 바는 자명합니다. 여기 있는 에너지 전체와 존재들 전체, 그리고 그 집단적 의욕에 관한 이야기입니다.

주변 시야의 세계에서 노닐면 항상 상황 전체에 집중되어 있어 유감스럽게도 세부 사항을 많이 놓칩니다. 여러분이 이렇다면 나처럼 배우자가 있는 것이 최고입니다. (웃음) 소매에 구멍 난 셔츠를 입었다고 누가 알려 주겠습니까? 나는 구멍을 보고 생각했습니다. '오 이런. 하지만 수잔은 모를 거야. 이건 내가 좋아하는 셔츠라고!' (웃음) 하지만 내 배우자의 세계에서는 구멍 난 셔츠는 입으면 안 되는 것입니다. 내 세계에서는 아무도 그런 걸 눈치채지 못합니다. (웃음) 나는 항상 장場에 관심을 갖기 때문입니다.

여러분은 명상 중에도 똑같이 할 수 있습니다. 의식 자체를 끊임없이 알아차립니다. 정반대 방법은 내용에 집중하는 것입니다. 명상이나 관상의 또 다른 형태에서는 당면한 현재에 완전히 고정적으로 관심을 집중합니다. 닥쳐오는 대로 현재에 집중하고 어떤 취사선택도 하지 않습니다. 바늘 끝 같은 현재에 계속해서 강렬하게 집중합니다. 말을 하면서 이 말에 집중하는 것입니다. 말하고 있는 단어들 자체에 집중합니다. 말하는 순간 자체에 집중합니다. 강렬한 지금 속에서 강렬하게 집중한 채로 있습니다. 마찬가지로 주변 시야나 중심 시야라고 부르는 것에 집중하면 망막에도 그에 따라 어떤 설정 같은 것이 이루어집니다. 초점이 황반黃斑*이나 장場에 맞춰집니다.

헌신적 비이원성은 신에 대한 사랑이 충분해서 신성의 존재를 깨닫는 데 방해되는 모든 것을 기꺼이 항복함을 의미합니다. 모든 것이 타자他者, other가 아니라 큰나Self인 것으로 밝혀집니다. 사람들은 신성을 나중에 저 밖에서 만나는 어떤 것으로 생각하지만, 신성은 우리가 깨닫게 되는 우리 존재의 근원, 주관성의 근본적 실상입니다. 우리는 주관성을 당연한 것으로 여깁니다. 우리는 장을 당연한 것으로 여깁니다. 우리는 의식을 당연한 것으로 여깁니다. 이런 것을 우리는 당연한 것으로 받아들입니다. 그러면서 사물은 중요한 것으로 생각합니다. 사물은 사소하고 중요하지 않은 것이고, 중요한 것은 나 자체입니다. 우리는 나 자체가 아닌 것에 집중하는 대가로 나 자체를 무시합니다.

바로 지금 이 순간, 우리 마음의 99퍼센트는 고요합니다. 이 사실을 알아채지 못하는 것은 시끄러운 1퍼센트에

---

* 망막 중앙의 누르스름한 반점으로, 시력과 색채 식별 감각이 가장 뛰어난 부분이다.

집중하고 있기 때문입니다. 우리가 40만 명을 수용할 수 있는 거대한 원형 경기장을 갖고 있다고 합시다. 한밤중에 아무도 없는데 경기장 한구석에 아주 작은 트랜지스터 라디오나 4인치짜리 휴대용 텔레비전이 있습니다. 우리는 그것에 집중합니다. 원형 경기장 전체가 비어 있고 관중석에 아무도 없는데 우리는 그것이 흥미진진한 현장이라고 생각합니다. 우리의 관심을 끄는, 이 순간의 아주 작은 것에 집중하는 것입니다. 우리의 관심이 거기에 집중되어 있기 때문에 우리는 그것이 우리의 마음이라고 생각합니다. 그것은 우리의 마음이 아닙니다. 마음은 전적인 고요함입니다. 마음이 고요하지 않다면 우리는 우리가 무슨 생각을 하는 중이지 알지 못할 것입니다. 숲에 고요함이 없다면 우리는 어떤 소음도 듣지 못할 것입니다. 새가 노래하는 걸 우리가 들을 수 있는 것은 고요함이 그 배경이기 때문입니다. 마음이 생각하고 있는 바를 우리가 목격할 수 있는 것은 마음의 타고난 고요함이 그 배경이기 때문입니다.

이 사실을 깨달으면 그 목격되는 바를 나가 아닌 그것이라고 부릅니다. 내 마음이 생각하는 것이 아니라 그것이 생각하는 것입니다. 몸에 대해서도 같은 것을 깨닫게 됩니다. 자신을 몸과 동일시하는 데서 벗어나면 몸이 하는 일을 그냥 보고 있게 됩니다. 나는 몸과 아무 상관도 없습니다. 몸과 전혀 상관이 없습니다. 몸은 자연에 속하며 카르마적으로 추진됩니다. 몸은 그저 자기가 할 일을 합니다. 몸은 다른 사람과 마찬가지로 내게 흥미롭습니다. 그냥 특이한 물건과도 같습니다.

자각realization의 장에서는 어떻게 하는 것일까요? 어떤 일이 일어나면 그것을 자발적으로 신에게 항복합니다. 일어나는 모든 일을 자발적으로 항복합니다. 어떤 음을 들을 때면 그 음이 생겨났다가 사라집니다. 우리가 음을 들을 때 그것은 이미 최고조에 달해 이미 하락하고 있습니다. 항복은 모든 일에 대한 모든 입장성을 자발적으로 놓아 버리는 것입니다. 일어나는 모든 일을 그것이 일어나는 대로 놓아 버립니다. 그것에 대해 어떤 꼬리표도 붙이지 않고 어떤 이름으로도 부르지 않고 어떤 입장도 취하지 않습니다. 일어나는 대로 모든 일을 자발적으로 항복합니다. 그러면 마취 없이 큰 수술을 받을 수도 있습니다. 나는 여러 번 그렇게 했습니다. 일어나는 일에 저항하거나 그것을 아픔이라고 부르는 순간, "내 엄지*가 잘리고 있어."라고 말하는 순간, 아픔에 저항하려 드는 순간, 아픔은 극심해집니다. 그런 입장에서 벗어나 칼날 위에 머물 듯이 존재하면서 저항을 놓아 버리면 어떤 아픔이나 병도 발생하는 대로 사라지게 할 수 있습니다.

방금 넘어져서 발목을 접질렸다는 느낌이 들 때도 그것을 아픔이라고 부르지 마세요. 접질린 발목이라고 부르지 마세요. 올라오는 느낌에 저항하는 것을 놓아 버리세요. 느낌에 어떤 꼬리표도 붙이지 마세요. 아픔을 경험하고 있는 것이 아닙니다. 누구도 아픔을 경험하지 않습니다. 아픔은 꼬리표입니다. 우리는 당뇨병을 경험할 수 없습니다. 우리는 폐렴을 경험할 수 없습니다. 그런 식의 어떤 것도 우리는 경험할 수 없습니다. 그런 것은 단어이고 꼬리표입니다. 기침할 수는 있지만 기침을 경험할 수는 없습니다. 기침은 그 일에 붙이는 단어입니다. 느낌이 존재합니다. 그 느낌에 저항하는 것을 놓아 버립니다. 그것을 신에게 항복하세요. 일어나는 대로 모든 것을 신에게 기꺼이 항복하세요. 일어나는 대로 기꺼이 항복하면

---

* 저자의 『치유와 회복』책에 엄지 절단 사고 이야기가 자세히 나온다.

여러분은 늘그러함Alwaysness의 상태, 존재의 근원으로서 실상이 존재하는 상태가 됩니다.

파도의 앞부분에서 살고 있는 사람은 미래를 예상하고 대비하려고만 합니다. 반대로 파도의 뒷부분에서, 만날 과거에 살고 있는 사람들이 있습니다. '내가 왜 그렇게 말했지? 왜 그렇게 행동했지?' 하는 사람들입니다. 미래에 살고 있는 사람은 두려움 속에서 삽니다. 과거에 살고 있는 사람은 후회 속에서 삽니다. 둘 다 현실에 살고 있지 않습니다.

* * *

이 장을 마무리하면서 호킨스 박사는 우리에게 어떤 느낌이 들든 그것에 저항하는 것을 놓아 버려 보라는 과제를 남겼습니다. 저항을 놓아 버리고 모든 것을 신에게 항복하면 늘그러함 Alwaysness이라고 부르는 것 속에 있게 됩니다.

삶에서 나타나는 모든 양상을 신성에 항복하고 있나요? 앞으로 며칠 동안 항복 과정에 들어가고자 하는 의도를 일으킬 수도 있을 것입니다. 그러면 그 항복의 과정에서, 경험과 감정이 생기는 대로 그것을 신에게 바치는 간단한 행위가 삶의 모든 과제를 스스로 해결하려고 짊어지는 짐에서 우리를 해방시켜 줌을 알게 될 것입니다.

9장

인간의 의식이
순진함을 알면

*The Highest Level
of Enlightenment*

삶에 변화를 일으킬 준비가 되었나요? 매일 시간을 내서 조용히 앉아 무슨 일이 일어나는지 지켜보세요. 저항이 느껴지면 그 저항하는 자아가 무엇을 말하려고 하는지 살펴보는 것이 좋습니다. 그런 다음 그 저항감을 그냥 신성에 항복합니다.

호킨스 박사가 지적했듯이, 삶을 경험하는 방식이 완전히 바뀌려면 상황을 보는 방식을 항복해야 합니다. 항복은 인간 의식의 핵심에 있는 순진함을 보겠다고 결정하는 것에서 시작됩니다. 그 순진함에 마음의 문을 열고 삶을 비난의 관점이 아니라 연민의 관점에서 인식하면, 나의 개인적인 세상이 크게 바뀌고 나아가 세상 전체가 크게 바뀌는 것을 경험할 것입니다.

* * *

　사물을 보는 방식을 늘 기꺼이 항복하고자 하면, 삶을 바라보고 경험하는 방식이 크게 바뀌기 시작합니다. 그 결과, 분노하며 타인을 비난하는 대신 사람들이 있는 그대로일 수밖에 없다는 점을 보게 됩니다. 십 대들이 돌을 던지며 경찰을 도발해서 경찰이 자기들을 공격하게 만든다고 합시다. 우리는 그들이 그렇게 할 수밖에 없음을 보기 시작합니다. 아주 깊이 들어간다면, 인간의 의식이 지닌 기본적인 순진함을 파악하게 됩니다.

　앞서 이야기했듯이, 의식 자체는 컴퓨터의 하드웨어와 같고 에고는 소프트웨어와 같습니다. 의식 자체는 진실과 거짓을 구별할 수 없습니다. 나치에 세뇌된 나치 청소년단처럼, 의식은 자신이 거짓을 믿도록 프로그래밍이 되고 있는지 아니면 진실을 듣고 있는지 분별할 수가 없습니다. 그러니 그리스도와 붓다가 왜 "저들은 자기가 뭘 하는지 알지 못하니 저들을 용서하라."고 했는지 이해하세요. 컴퓨터의 하드웨어는 소프트웨어에 의해 바뀌지 않습니다. 청소년의 의식은 순진합니다.

마찬가지로 알라를 위해 미국인에게 총을 쏘는 사람들도 연민의 눈으로 볼 수 있습니다. 그들이 어떤 식으로든 학대를 당했음을 알 수 있습니다. 영적으로 학대받은 상태가 보입니다. 인간의 의식은 순진해서 진실과 거짓을 구별할 능력이 없기 때문에 거짓의 길로 인도되는 것입니다.

역사 채널에서 1930년대 히틀러 청소년단을 보면 나치 독일의 젊은이들이 애국적이었음을 알 수 있습니다. 그들에게는 그것이 보이 스카우트 캠프에 가는 것과 같은 일이었습니다. 그래서 모닥불가에서 노래를 부르고 도보 여행을 하는 등의 모든 일을 나라를 위해, 조국을 위해, 총통을 위해 했습니다. 그들이 그런 일을 달리 여길 수 있었을까요? 우리가 그때 그곳에 있었다면 우리도 똑같이 했을 것입니다. 그러니 그 순진함을 보세요.

인간의 의식이 지닌 근본적 순진함이 보이기 시작하면 모든 사람을 용서할 수 있게 됩니다. 모든 사람은 자신이 프로그래밍 된 대로 프로그램에 의해 움직이고 있습니다. 사람들이 달리 생각할 수 있을까요? 사람들이 대중

매체를 믿는 것은 TV로부터 너무 빠르게 인상을 받아 잘 검토하거나 이의를 제기할 기회도 없이 믿어 버리게 되기 때문입니다. 이렇듯 마음은 프로그래밍 됩니다.

에고가 살아남는 길은 부정성에서 단물을 얻는 것입니다. 그러나 다른 한편으로 보면 에고는 그렇게 할 수밖에 없습니다. 에고는 있는 그대로일 수밖에 없습니다. 솔직히 말하자면, 영적 진실의 파워가 없으면 에고는 자기를 초월할 수가 없습니다. 영적 진실이 가치 있는 것은 그것 없이는 누구도 에고를 초월할 수 없기 때문입니다. 에고의 초월이 가능한 것은 영적 진실의 위대한 파워와 위대한 아바타들 덕분입니다. 그들은 실상을 깨달았고, 그 실상에는 우리의 존재가 비롯하는 근원이 있습니다. 이 근원이 장의 파워를 창조하면 장의 파워에 감화된 사람들이 자신의 한계를 초월하고자 하는 것입니다.

이제 우리는 인간의 의식이 기본적으로 순수하다는 것, 진실과 거짓을 구별하지 못한다는 것을 알았습니다. 내가 『의식 혁명』을 쓸 수밖에 없던 것은 진실을 측정할 수 있다는 사실에 매우 놀라기도 했고, 인간이 진실과 거짓을 구별할 기회를 가진 적이 전혀 없었음을 깨달았기 때문이었습니다. 이전까지 인간이 할 수 있는 최선은 지성을 따름으로써 '서양의 위대한 책들'이 보여 준 460대의 의식 수준에 이르는 것이었습니다. 그 수준에서 우리는 마음과 마음의 이원성 한가운데에 남아 거기에 갇히고 맙니다. 그러므로 전쟁과 증오와 기타 모든 것이 계속되고 또 계속될 수밖에 없었던 것입니다. 마음을 초월할 영적 에너지와 진실이 없으면 마음은 탈출의 가망도 없이 제 자신의 거미줄에 갇히기 때문입니다.

그리고 그렇게 된 데 따른 대가를 치릅니다. 거기서 거기인 곳을 돌고 돌고 또 돌며 생각에 빠지게 되는 것입니다. 그렇게 생각은 자기를 번식시킵니다. 영적 진실의 도움을 받지 못한 에고는 제 꼬리를 쫓아 영원히 돌고 또 돕니다. 각자 개인적인 영적 수행이라고 생각되는 일을 할 때, 우리는 실제로는 장 전체에 영향을 미칩니다. 그래서 인류의 의식 수준은 우리 모두의 집단적 영적 노력이 가져오는 결과로 진보합니다. 우리가 하는 모든 선택, 우리가 내리는 모든 영적 결정이 우주 전체에 파장을 일으킵니다. 성경에 적혀 있듯이 "머리카락 한 올까지 빠짐없이 헤아려집니다." 우리는 신체운동학 테스트로 이 말이 사실임을 확인했습니다. 누가 무엇을 느끼고 무엇을 생각하고 무엇을 했든, 지금껏 내려진 모든 결정은 의식의 장에 영원히 기록됩니다.

카르마의 존재를 믿지 않는다고 말하는 사람들은 신념 체계 때문에 그렇게 말하는 것일 수 있습니다. 하지만 그들도 카르마가 없다면 어떻게 전체 역사상의 모든 현상이 영원히 기록되는 것인지 설명하지 못할 것입니다. 카르마 때문이 아니라면 모든 개체가 이 행성에 태어날 때 이미 의식 수준이 측정될 수 있다는 사실을 어떻게 설명하겠습니까? 즉 우리는 아무것도없음nothingness에서가 아니라 무언가있음somethingness에서 생겨났습니다. 우리 모두가 생겨나고 우리 모두가 돌아가는 이 무언가있음은 어떤 것일까요? 무언가있음 덕분에 우리는 현재라는 시간 틀의 한계에서 벗어나, 자신에게 경험되는 삶을 더 큰 차원에서 바라보기 시작합니다. 이런 점을 숙고해서 알게 되는 영적 실상이 우리가 영적 진실을 탐구하는 데 격려가 되고, 영적 진실에 도달하는 것이 우리가 이런 수행을 하는 목적입니다.

나는 우선 의식의 파노라마 전체를 제시하고 싶었습니

다. 그래서 의식의 진화, 의식의 특성, 의식의 본성을 이야기했고, 과학과 이성, 논리, 철학, 윤리학, 신학, 종교를 통해 의식에 접근할 방법을 이야기했습니다. 또한 인류의 의식은 어떻게 진화했는지, 의식이 일상생활에서는 어떻게 나타나서 자기 역할을 하는지를 이야기했습니다.

포스는 에너지를 필요로 해서 사람을 녹초로 만듭니다. 사람들은 어느 정도까지만 포스를 행사할 수 있고 그런 뒤에는 쓰러지게 됩니다. 반면에 파워는 소진되지 않습니다. 사실 파워는 사용될수록 더욱 강해지는 느낌이 듭니다. 예를 들어 사람들을 용서하고 기꺼이 사랑하고 무조건적으로 사랑하는 실험을 해 보면, 그럴수록 사랑의 역량이 커진다는 사실을 발견할 수 있습니다. 처음에는 사랑스럽게 여겨지지 않는 것을 사랑하는 일이 어렵게 느껴질 수도 있습니다. 하지만 삶에서 그런 태도로 존재하는 데 전념하는 사람은 시간이 갈수록 그러기가 점점 더 쉬워짐을 알게 됩니다. 포스를 통해서 주면 더 줄수록 덜 갖지만, 파워를 통해서 주면 더 줄수록 더 가짐을 알게 됩니다.

그래서 자애로울수록loving 그 사람을 둘러싼 세상도 더 자애로워집니다. 우리는 자기 자신이 창조하는 세계를 경험하게 됩니다. 어떤 사람들은 "뉴욕에 가면 다들 냉정하고 지독해. 난 뉴욕이 싫어. 사람들이 죄다 못됐어."라고 말합니다. 그런가 하면 어떤 사람들은 뉴욕에 가서 "세상에! 최고로 멋진 사람들이네. 식당 종업원도 택시 기사도 다들 너무 훌륭해. 뉴욕은 정말 놀라운 곳이야!"라고 말합니다. 사랑이 있는 사람은 다른 사람들에게서 사랑의 출현을 촉발하기 때문에 그렇습니다. 자애롭지 못한 사람은 사람들의 본성에서 부정적인 면을 이끌어 내는 경향이 있습니다. 요컨대 우리가 경험하고 있는 모든 것은 우리 자신이 어떤 사람이 되어 있는가에 따라 스스로 만들어 내는 세상입니다.

* * *

파워와 포스의 차이를 극적으로 보여 주는 역사적 사례는 대영제국과 마하트마 간디입니다. 마하트마 간디는 알다시피 힌두교의 금욕주의자였습니다. 간디를 측정하면 700이 넘는 것으로 나옵니다. 그가 대영제국에 맞섰을 당시, 대영제국은 사상 최강의 포스였습니다. 세계의 1/4, 바다의 1/3을 지배하는 나라였으니까요. 내가 자랄 때도 영국은 여전히 해가 지지 않는 위대한 제국이었습니다.

이에 맞선 사람은 뼈와 가죽만 남은 아담한 힌두교도였습니다. 그가 대영제국이라는 사자와 맞서 버텼습니다. 40킬로그램 체중의 금욕주의자가 지구의 1/3을 지배하는 거대한 사자와 맞섰습니다. 흥미로운 사실은 마하트마 간디가 아무것도 하지 않음으로써 ― 즉 자신이 단식을 할 것이고 그래도 사람들이 상관하지 않는다면 그냥 굶어 죽을 것이라고 말하는 것만으로 ― 세상을 공황 상태에 빠지게 했다는 점입니다. 간디는 의식 수준이 700대였습니다. 700은 지구상에 극히 드물게 존재하는 엄청난 파워입니다. 이런 그가 대영제국과 대결했습니다. 자부심과 사리사욕에 빠져 있던 당시의 대영제국은 190으로 측정됩니다. 간디는 총 한 방 쏘지 않고 대영제국 전체를 무너뜨리고 해체하여 식민주의를 종식했습니다. 이어서 다른 나라들도 차례로 식민주의를 포기했고요. 그는 대영제국뿐만 아니라 식민주의 자체를 물리쳤습니다. 그리하여 자치가 세계의 지배적 정치 체제가 될 수 있었습니다.

간디가 실제로 보여 준 것은 파워의 영향력입니다. 파워는 일을 유발하지cause 않습니다. 포스는 뉴턴의 패러다임 내에서 일을 유발한다고 할 수 있고요.

반면 파워는 일에 영향을 미칩니다. 입자는 자기가 현재 있는 매질의 밀도에 따라 상승하거나 하강합니다. 그래서 우리가 기도를 하거나 영적으로 진화하면 매우 강력한 장이 창출되고 그 영적 실상이 인류 전체에 영향을 미쳐 전체의 수준을 끌어올리게 됩니다.

현실과 가치관의 패러다임 전체에 영향을 미칩니다. 앞에서 말했듯이 이제는 진실성이 우리 사회의 지배적인 가치가 되고 있습니다. 대중 매체에서 끊임없이 진실성에 대해 이야기합니다. 가치 체계가 완전히 새로워졌습니다.

포스의 메커니즘을 통해 그렇게 된 것이 아닙니다. 매체들이 진실성을 중시하도록 누구도 강제하지 않았지만 진실성은 사회적 가치로 부상했습니다. 영적 가치가 아니라 사회적 가치로 부상했습니다. 모든 사람은 자기 나름의 원칙대로 살아갑니다. 그래서 영적 성장은 '어떤 원칙대로 살아갈지가 달라짐'을 뜻합니다. 성장하고 성숙해짐에 따라 우리는 다른 원칙을 선택합니다. 어떤 사람들은 원칙이 "절대 실수하지 마라. 멍청이에게 공평한 기회 따위는 없다."입니다. 어떤 사람들은 자신의 원칙이 어떤 것이라고 대놓고 밝힙니다. 그런 사람들이 상당히 별난 것 같지만, 사람은 자신의 원칙대로 사는 만큼 진실한 것이라고 할 수 있습니다. 자신이 서원한 대로 살고 있으니까요. 그래서 나는 사람들의 서원commitment을 존중합니다. 그리고 자신의 원칙대로 사는 사람은 그만큼 스스로 정의한 의미로 덕망이 높은 것이라고 봅니다.

그래서 의식 수준 측정치는 사람이 얼마나 스스로 천명한 영적 선택대로 살아가는지를 어느 정도 반영합니다. 카르마나 영적 운명이나 의식 수준은 영적인 선택의 자유에 따라오는 결과라고 할 수 있습니다. 우리에게는 매 순간 선택의 자유가 있지만, 이러한 선택의 자유는 이해하기가 어렵게 느껴집니다. 우리가 프로그램에 운영되는 것 같기 때문입니다. 우리가 에고를 초월하려고 노력하는 것은 에고에 영향받고 싶지 않기 때문이기도 하고요.

우리는 심사숙고해서 선택할 수 있을 만큼 충분한 시간 동안 마음이 멈추어 있기를 바랍니다. 우리는 어떤 일을 급하게 하고는 후회할 때가 너무 많습니다. 울분 같은 것을 느끼면서 '으, 그 일에 대해 잘 생각할 시간이 없었어.'라고 생각합니다. 요컨대 우리의 영적 지향은 선택의 순간이 닥칠 때 우리가 어느 방향을 선택할지를 결정짓는 경향이 있습니다. 의식의 침묵이 없다면 우리는 자신이 무슨 생각을 하는 중인지 알 수가 없습니다. 우리가 숲의 소리를 들을 수 있는 것은 숲의 침묵 덕분입니다. 우리가 지금 생각 중인 것을 듣거나 보거나 상상할 수 있는 것은 마음이 침묵하기 때문입니다.

따라서 마음의 내용은 무심no mind의 공간 속에서 벌어질 수밖에 없습니다. 무심은 고전적 용어로, 생각이 없고 형상이 없는 의식을 의미합니다. 생각들이 무심상에 나타납니다. 그래서 우리는 생각의 내용에 시간과 노력을 쏟으며 몰두하거나 그것과 자신을 동일시하는 것을 철회하고, '나는 생각이 일어날 수 있는 공간임'을 알기 시작합니다. 명상의 가치는 우리로 하여금 생각의 내용과 자신을 동일시하는 것에 시간과 노력 쏟기를 철회하고 생각이 일어나는 공간에 집중하도록 만드는 것입니다. 생각의 목격자가 있음을 알기 시작합니다. 목격자에 대한 알아차림이 있습니다. 모든 것의 기저에 있는 기층이 있습니다. 이 기층은 시간을 넘어서 있고 차원을 넘어서 있고 개인의 동일시와 무관합니다. 의식 자체와 동일시하면 몸이나 마음이나 생각이나 감정이 자신의 실상이라고 동일시하는 것에서 벗어나 더 큰 차원으로 옮겨 갑니다.

더 큰 차원으로 옮겨 가면서 우리는 우리 존재existence 의 기저에 있는 영적 실상을 확인합니다. 실질적인 수준에서 영적 작업에 들어가게 됩니다. 어떤 사람들은 '내게 저지른 모든 일 때문에 나의 원수들이 너무 미운데 어떻게 하면 그들을 용서할 수 있을지, 정말로 우울한데 어떻게 하면 희망을 느낄 수 있을지, 항상 겁이 나는데 어떻게 하면 두려움을 없앨 수 있을지'를 알고 싶어합니다. 매우 실질적인 수준에서 시작하는 경우입니다. 많은 사람들이 매우 실질적이고 핵심적인 수준에서 시작합니다.

또 어떤 사람들은 다른 수준에서 시작합니다. 감화를 받아 시작합니다. 감화를 주는 강연을 듣고 고양됩니다.

호기심에서 시작하는 사람도 있을 수 있고, 의식 내의 자연발생적 진화에서 시작하는 사람도 있을 수 있습니다. 이런 경우는 영적으로 진화한 다른 사람의 알아차림으로부터 감화를 받은 것이라고 봅니다. 그런 사람이 장에 영향을 미치면 보통 때는 영성에 관심이 없었을 사람들이 갑자기 호기심을 갖게 됩니다. 내면에서 촉발되어서가 아니라 장이 가져온 결과로 그렇게 됩니다.

그래서 영적으로 더 진화한 사람들 곁에 있다 보면 영성에 대한 자신의 관심이 저절로 더 강해지는 것을 알게 될 수 있습니다. 의도적인 의사 결정을 통해 영성을 추구하는 것이 아니라 단지 더 관심이 생기는 것입니다. 스포츠 좋아하는 사람들 곁에 있다 보면 스포츠에 점점 더 관심 갖게 되기 쉬운 것과 같습니다. 삶에서 어떤 재난을 겪는 사람들, 그러니까 질병이나 약물 중독이나 알코올 중독이나 범죄 피해나 비탄이나 상실 같은 것을 겪는 사람들은 자신이 그런 것에 대해 무엇을 할 수 있을지 알고 싶어 합니다. 물론 신에게 삶을 항복하는 자발성은 가장 심오한 영적 도구 가운데 하나입니다.

사람들은 어떤 영적 도구가 가장 강력하냐고 내게 묻

습니다. 그러면 나는 겸손을 말하고 삶을 항복하려는 자발성을 말합니다. 즉 삶을 통제하고 싶은 마음이나 삶을 바꾸고 싶은 마음을 놓아 버리는 것입니다. 벌어진 일을 보는 견해를 신에게 항복하거나 (대다수에게 신은 실상이 아니라 단어일 뿐이므로 대신에) 어떤 높은 영적 원칙에 항복하려는 자발성을 말합니다. 대다수 사람들에게 신은 대망의 실상일 뿐 경험적 실상이 아닙니다. 영적으로 더 발전해서 장 자체의 존재를 경험하고 그 엄청난 파워를 직감하게 되기 전까지는 그렇습니다.

그렇게 된 뒤에는 신을 경배합니다. 직감하게 된 무한한 파워를 존경하기 때문입니다. 요컨대 실질적인 수준에서 우리가 할 수 있는 일은 우리가 될 수 있는 최선의 사람이 되는 것입니다. 온갖 것으로 나타나 있는 모든 생명에게 무슨 일이 있어도 친절하라고 말하고 싶습니다. 여기에는 자기 자신도 포함됩니다. 기꺼이 자신을 용서하고 인간의 의식이 지닌 한계를 아는 것입니다. 내가 항상 느끼는 점은 의식의 특성이나 의식의 본성에 대해 더 많이 교육받을수록 영적 원칙을 따르기가 쉬워진다는 것입니다. 인간의 의식은 본래 순진하고 진실과 거짓을 구별할 수 없으며, 자신이 프로그래밍 되는 것을 스스로 통제할 수 없다는 사실을 이해하면 자동적으로 연민을 느끼게 됩니다.

내가 강의하는 것을 좋아하는 이유 중 하나는 어떤 정보들은 듣기만 해도 변화를 일으키기 때문입니다. 다리 꼬고 앉아 한 번에 몇 시간씩 만트라를 외우거나 명상을 할 필요가 없고 아쉬람에 갈 필요가 없습니다. 인간의 의식이 본래 순진함을 이해하고 나면 즉시 사람들을 용서할 수 있습니다.

그래서 나는 정보를 전달하는 영적 진실의 파워에 늘 감명받습니다. 그리고 이것이 내가 연구를 하거나 글을 쓰거나 이야기를 하는 이유입니다. 정보를 접하는 것만으로도 사물을 느끼고 보는 방식이 완전히 달라질 수 있기 때문입니다. 인간이 진실과 거짓을 구별할 수 없다면, 구별하지 못했다는 이유로 누구를 나무라거나 죽일 수 있을까요? 안됐다고 느낄 수는 있고, 그러면 유일한 죄는 무지라는 붓다와 예수의 말이 즉시 이해됩니다. 크리슈나는 "완전히 잘못 알고 있어 잘못된 곳에서 방황하고 있더라도 나를 경배하는 사람들은 내게 속한다. 그들은 나의 사람이다."라고 했습니다. 인간이 결국 용서받는 것은 무지가 심각하기 때문입니다. 더 잘 알 수 있었다면 더 잘했을 것입니다. 더 잘하려면 더 잘 알아야 하기에 인간은 의식의 진화를 통해 더 잘 아는 법을 익힙니다.

자신의 고통이나 영적 알아차림이 특정 수준에 이르거나 주변 사람들이 지닌 영적 진실의 파워가 지배적일 때, 비로소 사람은 달리 선택하게 됩니다. 일이 이런 식으로 전개되는 것은 사람은 어떤 경험이 주는 고통을 겪어야 비로소 다른 길을 선택해야 함을 깨닫기 때문입니다. 어떤 인간적 딜레마가 주는 공포와 고통이 없으면 아무도 신에게 의지하지 않습니다. 이런 현상을 가리켜 '바닥을 친다'고 합니다. 사회가 바닥을 치면, 예를 들어 중동이 충분히 고통받고 나면, 아이들을 가득 태운 버스가 폭파당하고 많은 청년이 기관총에 몰살당하면, 돌연 누군가에게 '이렇게는 안 되겠다.'는 생각이 번득입니다. 그런 뒤 사회가 방향을 바꿉니다. 하지만 그렇게 방향을 바꿀 카르마적 권리를 얻으려면 그전에 실제로 신에게 의지하고 신에게 도움을 청해야 합니다.

누군가 평화의 혜택을 받지 못하는 것은 그들이 평화

를 원하지 않기 때문이라고 할 수 있습니다. 그들이 평화를 얻기 바라는 사람들도 있습니다. 그건 누군가 술을 끊기 바라는 것과 같습니다. 나는 그런 사람들에게 알아넌Al-Anon*에 가 보라고 합니다. 알아넌 프로그램의 첫 단계는 타인 통제 욕구를 들여다보는 것입니다. 타인을 위해 좋은 생각이 있다고 해서 타인을 통제하고 변화시키려 들어선 안 됩니다. 우리가 할 수 있는 일은 그들을 위해 기도하고 상황을 보는 다른 방식을 마음에 품는 것입니다.

누가 밤에 침대에 누워 세상이 돌아가는 꼴, 자신의 삶이 돌아가는 꼴, 나라가 돌아가는 꼴에 망연자실해 있다고 합시다. 그러다가 문득 그런 세 어떻게 뉠 수 있을지 감이 잡힌다면 빛이 보이기 시작하는 것이고, 그 빛은 영의 확산을 상징합니다. 영의 확산만이 구원의 희망입니다. 영적 진화가 일어나려면 내 쪽에서 자발성이 있어야 합니다. 이를테면 타인의 순진함을 보려는 자발성이 있어야 합니다.

---

* 가족의 알코올 중독으로 고통받은 사람들을 위한 국제적인 상호 지원 조직으로, AA 창립자 빌 윌슨의 아내인 로이스 윌슨 등이 1951년에 공동으로 창립했다. www.alanonkorea.or.kr 참조.

* * *

호킨스 박사는 우리의 패러다임을 확실하게 바꿉니다. 우리
는 타인을 바로잡으려고 애씀으로써 타인을 통제하려고 합니
다. 그는 사회가 바닥을 치는 것에 대해 이야기하면서 알코올
중독자의 경우처럼 사회도 스스로 변화를 일으킬 수 있을 뿐이
라고 설명합니다.

이 새로운 진실을 들여다보세요. 세상을 변화시키려는 노력
이 모두 헛된 것으로 드러날 때, 자기 자신의 삶에 노력을 집중
하면 에너지를 해방시켜 신성이 바라는 대로 흐르게 할 수 있습
니다.

타인이나 어떤 일을 통제하거나 바로잡으려고 애쓰고 있음
을 깨닫게 되면, 잠시 시간을 내서 내가 무엇을 두려워하는지
자문해 보세요. 명확히 깨달아 다르게 의도할 것을 선택하는
것이 항복 과정에서 매우 중요합니다.

10장

환영 극장 너머를
경험하려면

The Highest Level
of Enlightenment

여러분의 삶에 없으면 안 되는 것, 꼭 필요한 것들은 무엇인가요? 그 목록을 만든 다음, 삶에 방해될 뿐 꼭 필요하지는 않은 것들의 목록도 만들어 보세요. 삶을 최대한 단순하게 간소화하면, 삶을 결정짓는 패러다임과 에고의 작동 방식이 더욱 명확히 드러납니다. 그리하여 삶에 꼭 필요하지 않은 것을 차례로 놓아 버리듯이 훈련을 통해 에고의 성향을 놓아 버리면, 외부 세계가 내면의 작동 방식을 반영할 것입니다.

이 장에서 호킨스 박사는 에고가 얻는 보상에 대해 더 자세한 설명을 제공합니다. 신을 사랑할지 아니면 수치심, 죄책감, 두려움, 복수심, 증오 등 에고에 바탕한 감정 속에서 씨름할 것인지는 우리가 결정하는 것이라고 설명합니다.

어떻게 하면 수치심이나 죄책감에 얽히기 쉬운 에고의 성향을 놓아 버릴 수 있을까요? 에고는 왜 수치심, 죄책감, 두려움, 탐욕, 욕망, 욕정, 증오 같은 것과 얽히는 것일까요? 왜냐면 거기서 보상payoff을 얻기 때문입니다. 에고는 부정성에서 단물을 짜냅니다. 에고는 자기가 짜내는 단물을 먹고 생존합니다. 믿기지 않는다면 중동의 분쟁을 다루는 TV 뉴스를 시청해 보세요. 팔레스타인과 이스라엘이 가장 좋은 예입니다. 매일 뉴스에 나옵니다. 이쪽이 저쪽에 돌을 던지면, 저쪽은 이쪽에 물 대포를 쏩니다. 그러면 또 반격합니다. 그들은 그러는 것을 사랑합니다. 그래서 오래도록 그렇게 해 왔습니다. 일종의 게임입니다. 그들의 얼굴을 보세요. 증오로 생기에 차 있습니다. 받아라, 이 개새끼야! 죽어라! (웃음)

세상에, 그들은 너무나 들떠 있습니다. 그들이 그러면서 얼마나 열광하는지, 얼마나 즐거워하는지 알겠습니까? 그래서 그들이 제일 원하지 않을 것이 평화라는 걸 알겠습니까? 평화 협상을 새로 시작하기만 하면 폭탄 테러도 다시 시작됩니다. 평화 협상만 했다 하면 아이들을 가득 태운 버스가 또 폭파당합니다. 그래서 나는 평화 협상 얘기가 나오는 것이 정말 싫습니다. 평화 협상이 있을 때마다 아이들을 가득 태운 버스가 적어도 한 대는 폭파당하니까요. 그들은 평화를 전혀 원하지 않습니다. 그들은 전쟁에 헌신합니다. 증오에 헌신합니다. 에고는 그런 것들에 먹고 번성합니다. 그러니 평화를 얻는다면 그 모든 전사들이 뭐가 되겠습니까? 별 볼 일 없는 사람이 되어 버립니다. 한물간 멍청이, 보잘것없는 인간이 되어 버립니다.

에고가 얻는 보상을 항복하고자 하는 자발성이 있으면 일이 벌어지는 대로 모두 놓아 버리는 것이 가능해집니다. 슬픔, 분노, 울분, 증오에서 얻는 보상을 놓아 버릴 수 있습니다.

여러분은 무엇에 헌신합니까? '오 주님, 당신을 사랑합니다.'인가요? 아니면 '나의 증오, 나의 사악함, 나의 수치심, 나의 죄책감, 나의 보복에서 얻는 고소한 기분을 사랑합니다.'인가요? 여러분은 신을 사랑하거나 아니면 보복을 사랑합니다. 둘 다 가질 수는 없습니다. 여러분은 신을 사랑하거나 자기 연민을 사랑합니다.

중요한 것은 사실 언제나 선택입니다. 신을 사랑하기 위해 나는 기꺼이 이것을 항복할 것인가, 그렇지 않은가? 깨달음을 얻으려면 이 파워가 강해야 합니다. 신을 위해 모든 것을 기꺼이 포기해야 합니다. 말 그대로 모든 것입니다. 궁극의 경험이 나타나기 전(이라기보다는 어떤 상태에 장악되기 전)의 마지막 순간에 당신의 생명을 항복하라는 요구를 받을 것이기 때문입니다. 나의 생명이라고 생각되는 것의 핵, 에고의 핵, 자아, 수도 없이 많았던 생에서의 진짜 나. 이것을 신을 위해 내려놓습니다. 겁이 납니다. 그모든 보상을 놓아 버려야 하니까요. 그래서 그 모든 것을 살펴봅니다.

이제 갑자기 나 자신을 닮은, 나 자신이라고 생각되는 무한한 존재presence가 있습니다. 그러면 그 또한 내려놓습니다. 그러면 공포의 순간이 닥치고, 죽음을 경험합니다. 단 한 번뿐인 죽음을 경험합니다. 그리고 다시는 죽음을 경험하지 않습니다. 전에는 결코 죽음을 경험한 적 없고, 앞으로도 다시는 죽음을 경험하지 않습니다. 겪은 뒤 살아남게 될 한 번의 죽음만 있습니다. 하지만 그것을 겪은 뒤 살아남을 것임을 알지 못합니다.

에고가 지닌 관념은 자기는 그대로인 채로 깨달음만 얻으리라는 것입니다. (웃음) 에고는 '나는 여전히 나일 것이지만 깨달은 내가 될 거야.'라고 생각합니다. 그러나 그렇지 않습니다. 내가 아니게 됩니다. 내가 아닙니다. 내가 되지 않습니다. 그뿐입니다. 마지막 순간에 대비해 여러분을 준비시키는 것이 나의 책임입니다. 이 자리에 있는 사람들 모두가 마지막 순간을 향해 가고 있기 때문입니다. 그렇지 않다면 이 강연에 참석하지 않았을 것입니다. 모두가 마지막 순간을 향해 가고 있는데, 그 진실을 듣지 못했다면 어떻게 해야 할지를 모르게 됩니다. 그래서 카르마적으로 내가 지금 '나는 그 진실을 말했다.'고 천명하고 있는 것입니다.

마지막 순간에 당신은 "무슨 일이 있어도 전진하라."는 말을 들을 것입니다. 신을 위해 죽으세요.

당신이 자신의 생명을 포기할 때, 죽음의 극심한 고통이 일어납니다. 몹시 괴롭고, 당신은 정말로 죽습니다. 그런 다음 눈앞에 장관이 펼쳐집니다. 당신이 생명이라고 생각했던 것은 어쨌거나 생명이 아니었습니다. 하지만 그것은 너무나 진짜 같고, 그렇기에 당신이 그 모든 생 동안 그것을 지켜 왔던 것입니다. 너무나 설득력 있게 진짜 같아서 '그것이 곧 나의 생명'입니다. 그것이 곧 내 생명의 '근원'입니다.

* * *

에고는 아주 강인합니다. 그렇지 않다면 그 모든 생 동안 살아남지 못했을 것입니다. 이 마지막 순간에 그것이 내게 말합니다. 또는 내가 느낍니다. 내가 포기하려는 것은 내 생명의 근원 자체라고. 그 순간에 ― 정말입니다. ― 항복해도 안전합니다. 정말 안전합니다. 하지만 안전하다는 앎이 여러분에게 있어야 합니다. 이 사실을 들었어야 합니다. 그래서 알고 있어야 합니다. 여러분의 오라 안에 이 앎이 있어야 합니다. 예상치 못한 순간에 이 일이 여러분에게 생깁니다. 곧장 통과하세요. "무슨 일을 겪더라도 두려움 속으로 들어가라."는 선 불교의 격언이 있습니다. '무슨 일이 있어도'는 어떤 제한도 없다는 말입니다. 무슨 일이 있어도, 심지어 그 일이 죽음이라도. 그 순간에 내가 따랐던 스승의 말을 되풀이하겠습니다. "무슨 일이 있어도."

항복할 때, 기꺼이 놓아 버리려고 할 때, 에고가 어떤 것에 매달린다는 것을 알게 됩니다. 에고가 그것에서 무언가를 얻고 있으니까요. 모든 사람의 에고는 놓아 버림에 저항합니다. 이 점을 예상하세요. 오래된 에고가 말합니다. "이 증오는 정당해. 나는 이 인간에게 분노해야 해." 에고는 아주 영리해서 자기가 짜내는 단물이 정당한 것이라고 여러분을 설득하는 데 능합니다. 자기 연민을 포기하고, 분노를 포기하고, 울분을 포기하세요. 용서를 통해 그런 것을 항복하세요. 기적 수업은 기꺼이 모든 것을 용서해 낮은 수준의 의식의 장에서 빠져나오게 해 주는 파워가 있습니다. 처음에 에고는 자기를 형상과 동일시합니다. 에고는 어떻게 형상을 알까요? 인지recognition를 통해 형상을 기억에 남기기 때문입니다. 생각하는 나 같은 것은 존재하지 않음을 알게 될 것입니다. 관찰자 혹은 경험자가 존재할 뿐입니다.

 명상이나 관상을 할 때 장에 집중하면 목격이 저절로 벌어지고 있음을 알게 됩니다. 이 자리의 모든 사람을 알아차리겠다고 결정하는 나는 없습니다. 자동으로 알아차림이 일어납니다. 여러분도 다들 이 자리의 모든 사람들을 자동으로 알아차리고 있습니다. 그렇죠? '나는 이 자리의 모든 사람을 알아차리기로 했어.'라고 생각한 덕분이 아닙니다. 그냥 저절로 일어나고 있습니다. 알아차림을 자기 공으로 돌리는 것은 무의미합니다. 이 자리에서 일어나는 모든 일을 알아차리고 있는것을 자기 공으로 돌릴 수는 없습니다. 저절로 일어나고 있는 일이니까요.

 이처럼 의식에 대해 맨 먼저 알게 되는 사실은 그것이 자동적이라는 점입니다. 의식의 빛은 자동적인 것입니다. 의식은 알아차림을 통해 관찰자나 경험자로 나타납니다. 목격자로 나타납니다. 이 타고난 능력의 근원에 도달하면 그것이 비개인적인 능력임을 알게 됩니다. 의식적으로 알아차리기로 결정한 나 같은 것은 존재하지 않습니다. 목격이 저절로 벌어지고 있습니다.

명상을 할 때 우리는 명상의 내용과 자신을 동일시하던 것에서 발을 뺍니다. 나는 이렇다, 내가 그랬다 같은 개인적인 것을 다 그만둡니다. 그런 것은 모두 틀린 이야기입니다. 나라는 것은 그 모든 생각과 감정의 파노라마를 지켜보는 목격자일 뿐임을 깨달으세요. 이러한 이유로 나는 그런 것을 환영 극장phantasmagoria이라고 부릅니다. 아주 멋진 말이죠. 나는 이 단어를 아주 좋아합니다. 고모할머니가 내 생일에 정말 특별한 것을 주신 적이 있습니다. 할머니는 그걸 외눈박이 괴물이라고 불렀습니다. (웃음) 내가 "그 밑에 있는 게 뭐예요?"라고 물었더니 "외눈박이 괴물이야."라고 했습니다. 크로케* 세트 같은 상자였는데, 상자 밑바닥의 무언가를 할머니가 외눈박이 괴물이라고 한 것이죠.

마음속에서 벌어지는 환영 극장은 명상을 해 본 사람이라면 누구나 알고 있습니다. 기억, 생각, 환상, 상상이 떠오르고, '이티-비티-붐-바-비디-밥-밥' 하는 1920년대 음악까지 들립니다. 나라는 것은 비자발적인 목격자임을 깨달으세요. 목격자가 되겠다고 나서지는 않지만

---

* 공을 나무망치로 쳐서 잔디밭 위에 세운 ⊓ 자형의 문을 통과시키는 구기 종목

목격자입니다. 목격의 공功을 주장할 이유도, 목격한 것에 수치심을 느낄 이유도 없습니다. 목격은 자동적이니까요. 의식은 자동으로 의식합니다. 그것이 의식의 본성이고 의식은 비개인적이기 때문입니다. 의식을 갖는 것은 우리의 카르마적 유산의 일부입니다.

사람은 자신을 목격자, 관찰자와 동일시하게 된 뒤에는 의식과 동일시합니다. 그런 다음 더 이상 의식을 개인적인 것으로 식별하지 않고, 나타나 있는 것the manifest조차 초월합니다. 그리고 궁극적인 것은 모든 형상을 넘어서 있고, 나타나 있는 것을 넘어서 있으며, 이 궁극적인 것에서 의식이 생겨난다는 것을 깨닫습니다. 그리하여 당신은 붓다가 됩니다.

카르마는 아주 단순한 것입니다. 기독교에서는 논쟁을 벌이는 주제이지만 그런 것은 불필요합니다. 예수가 카르마를 가르쳤든 안 가르쳤든 아무 상관 없습니다. 카르마가 실상이라면 예수가 가르쳤든 안 가르쳤든 실상은 실상입니다. 2000년 전에 그가 뭐라고 가르쳤는지 나는 모릅니다. (웃음) 우리는 그가 뭐라고 했는지 모릅니다. 수천년 전에, 지구 반대편의 다른 문화권에서, 다른 언어로 가르쳤는데 그가 뭐라고 했는지 어떻게 알겠습니까? 그래서 의식 수준 측정이 대단히 유용한 것입니다. "그는 정말 그러그러하다고 말했다."라고 진술하고 그것을 테스트하면 되니까요.

내가 여기 모인 사람들이나 이와 비슷한 모임의 비종파적 노력을 좋아하는 것도 같은 이유입니다. 다른 대륙의 다른 문화권에서 천 년 동안 쓰이지 않은 다른 언어로 말한 수천 년 전의 역사적 사건을 문자 그대로 받아들여야 한다고 하지 않고, 지금 여기에서 확인할 수 있는 영적 실상에 전념하기 때문입니다. 시대를 통틀어 모든 깨달은 신비가들은 정확히 똑같이 말했습니다. 전혀 차이가 없습니다. 그래서 나는 모든 종교에 널리 퍼져 있고 모든 신비가의 가르침에 본래 갖추어진 기본적인 영적 원칙과 진실에 전념하는 영적 활동들을 좋아합니다.

진실을 깨달은 사람은 누구나 똑같이 말합니다. 다르게 말하는 것이 불가능하니까요. 왜 그럴까요? 진실을 왜곡할 개인적 자아가 전혀 없기 때문입니다. 왜곡해서 얻을 것도 없고 잃을 것도 없습니다. 따라서 진실은 왜곡되지 않고 항상 동일합니다. 크리슈나는 오늘 말해진 것과 다른 어떤 말도 할 수 없었습니다. 그리스도가 한 말과 다른 어떤 말도 할 수 없었습니다. 붓다나 다른 신비가가 한 말과 다른 어떤 말도 할 수 없었습니다. 단 하나의 진실만 존재하며, 그것은 주관적으로만 알 수 있습니다.

자기 실재의 근원, 내재하는 신인 큰나Self의 존재 presence는 철저히 주관적으로만 알 수 있습니다. 다른 식으로는 결코 알 수 없습니다. 알 수 있는 유일한 길은 그것이 되는 것입니다. 고양이에 대해 안다고 말할 수는 있지만, 본인이 고양이가 아니라면 머리로 이야기하는 것일 뿐입니다. 고양이만이 '고양이임catness'이 어떤 것인지 압니다. 이건 사실입니다. 측정으로 여러 번 확인했습니다. 우리 가족 중에서 고양이임의 진정한 권위자는 고양이입니다. (웃음)

나는 한때 십 대 소녀 재활 시설의 책임자였습니다. 한 소녀가 내게 시설에서 나가고 싶다고 말했습니다. 자기가 있어 본 곳 중에서 가장 좋은 곳에 있으면서도 나가고 싶어 했습니다. 소녀는 빈곤, 빈민가, 마약, 성적 학대, 신체적 학대 속에서 살아왔습니다. 거리로 나가면 마약에 취하고 물건을 훔치고 감옥을 들락거렸고요. 그러다 전국에서 가장 훌륭한 입주 치료 프로그램에 들어왔습니다. 18만 평의 부지에 사립 학교와 전문 학원이 있고, 아름다운 말 서른다섯 마리가 기다리는 승마장이 있고, 대단한 정신과 의사로부터 개별 상담도 받을 수 있는 곳이었죠. (웃음) 모든 것이 세계 최고였습니다. 하지만 소녀는 여전히 나가고 싶어 했습니다.

이런 것이 바로 탐욕입니다. 에고는 탐욕스럽습니다. 소녀는 자유를 원한다고 했고, 자유를 얻으려는 방법은 폭력적으로 못되게 구는 것이었습니다. 내보내지 않으려고 할수록 더욱 폭력적으로 굴었습니다. 벽에 구멍을 뚫었습니다. 자살하겠다고 협박했습니다. 자해하고, 죽이겠다고 협박하고, 갖은 짓을 다 했습니다. 소녀는 스스로 만든 우리에 갇혀 그렇게 구는 것이 우리 밖의 바나나*를 얻는 방법이라고 여겼습니다. 소녀와 몇 번 상담한 뒤에 "어떻게 하면 바나나를 얻을 수 있는지 아니?"라고 물었습니다. 소녀는 모른다고 답했습니다. "바나나로부터 등을 돌려야 해. 반대편에 자유로 이어지는 출입문이 있거든."

---

* 저자의 『성공은 당신 것』 책에 '우리 밖 바나나'의 비유가 자세히 나온다.

우리는 깨달음을 원할 때도 그에 대해 태양신경총적인 욕망, 즉 충동적이고 강박적인 집착과 의욕과 투지를 갖습니다. 충동적이고 강박적으로 깨달음에 사로잡힙니다. 그것이 깨달음을 얻는 길이라고 생각합니다. 하지만 그렇지 않습니다.

* * *

모든 전쟁의 배후에 무엇이 있을까요? 테스토스테론입니다. 상해, 범죄, 살인, 아수라장 같은 것은 모두 세상 속에서 테스토스테론이 미쳐 돌아간 결과입니다. 그렇습니다. 테스토스테론 분출 때문에 지난 세기 동안 1억 명이 죽었습니다. '당신의 테스토스테론을 총통에게 바치라.' 이것이 문제의 본질입니다. 그렇죠? '당신이 남자라는 것을 증명하라. 당신이 용감하다는 것을 증명하라. 공격적으로 행동하라. 나가서 훌륭한 살인자가 되라.'

따라서 깨달음에 도달하려면 그런 것에 등을 돌려야

합니다. 필요한 것은 신에게 모든 것을 항복하는 것뿐이니까요. 팔을 창살 밖으로 뻗어 처음에는 바나나를, 나중에는 10억 원을 움켜잡으려고 합니다. 그러다 놓아 버리면 문득 자신이 내내 자유로웠다는 것을 깨닫습니다. 자유를 찾는 내내 자유로웠습니다. 이미 자유로웠습니다. 생존 걱정은 놓아 버립니다. 우리의 카르마에 따라 정해진 종말까지 큰나Self의 장이 우리의 생존을 자동적으로 보장해 줄 것이니까요.

에고는 "내가 아니었으면 너는 살아남지 못했을 거야. 내가 아니었으면 너는 비타민 먹는 것을 잊었을 거야."라고 말합니다. 하지만 그렇지 않습니다. 우리가 잊지 않고 비타민을 먹는 것은 우리의 큰나가 우리의 에고를 촉구하기 때문입니다. 우리가 아흔일곱 살까지 이 세상에서 시간 보낼 운명임을 아는 무한한 장이, 그러려면 우리에게 비타민이 필요하다는 것도 알고 에고에게 "콜레스테롤 수치 좀 체크해야겠네." 하고 촉구하는 것입니다. 그러다 기적 수업을 하면 '콜레스테롤 때문에 죽는 것이 아니고 그런 건 다 믿음일 뿐.'이라고 여기게 됩니다. 그래서 다시 치즈버거를 먹어도 됩니다. 이 세상을 떠날 때라야 떠날 수 있으니까.

진지한 영적 수행은 일종의 들뜬 상태를 일으키는 경향이 있습니다. 그 이면에는 일종의 카르마적 장이 있습니다. 어떤 것이 흥미롭게 여겨지는 시기가 있습니다. 그런 다음 그것에 더 이상 손대지 않습니다. 그런 다음 새로운 책을 우연히 발견하고 또다시 빠져듭니다. 여러분은 이런 흥미로운 것이 자신의 외부에서 다가온다고 생각하겠지만, 그렇지 않습니다. 그런 것은 여러분 내면의 주기적이고 카르마적인 성향에서 나옵니다. 그러다 어떤 것이 정말로 관심을 사로잡으면 정말로 그것에 몰두하게 되면서 추진력이 쌓입니다. 그런 다음 그것이 내 존재의 주된 초점이 되는 때가 오고, 그때부터는 끝까지 도달하려는 엄청난 의욕이 솟기 시작합니다. 그러면 기꺼이 모든 것에서 벗어납니다. 트럭 짐칸에 연장이나 던져 넣고 차를 몰고 떠납니다.

우리는 신에게 가는 길에 사람이 많다는 것, 자신이 혼자가 아니라는 것을 압니다. 우리 모두가 하나가 되어 함께 가기 때문입니다. 이 자리의 모든 사람은 머지않아 지구를 떠날 것입니다. 우리는 모두 함께 이 지구에 왔습니다. 그리고 머지않아 저세상으로 갈 것입니다. 그렇죠? 오고 갑니다. 우리가 함께 오는 것은 어느 정도는 집단이 지닌 동기inspiration의 수준에 따른다고 봅니다. 공유되어 있는 동기가 우리를 하나로 모읍니다. 의식적인 일은 아닙니다. 말로 표현되지는 않지만, 우리는 우리가 서로에게 속해 있음을 알고 있습니다.

* * *

살다 보면 외로움을 느낄 때가 있습니다. 그럴 때면 '우리는 하나'라는 말이 잘 와닿지 않습니다. 우리는 신성의 일부이고 결코 혼자가 아닙니다. 이에 대해 명상하거나 관상하면서 내가 어떻게 실제로 모든 존재와 하나인지를 들여다보면 도움이 될 수 있습니다. 이렇게 들여다보면서 모든 감각을 사용하는 실습도 할 수 있습니다. 자연에 나가 나무와 꽃을 들여다보고, 느끼고, 냄새 맡습니다. 음식을 먹을 때는 음미하면서 음식 또한 나의 일부이자 신성이라는 전체의 일부라는 점을 상기합니다. 종일 다른 사람들을 관찰하면서, 만나는 모든 사람과 나의 관계를 들여다보는 시간도 가져 보세요. 천상의 천사나 인도자와 연결되어 그들과 하나임을 다시 느껴 보고 싶을 수도 있을 것입니다. 모든 존재와 하나임을 완전하게 느낄 수 있도록 자신을 허락하고, 모든 것과의 연결에 가슴과 마음을 여세요.

11장

인간의 고통을 덜려면

The Highest Level of Enlightenment

당신에게 가슴이 어디로 가라고 하나요? 잘 모르겠다면 삶을 돌아보며 자신이 무엇에 감동하고 무엇에 고무되는지 되새겨 보세요. 어린 시절과 현재를 돌아보며 가장 끌리는 삶의 영역들을 꼽아 보는 것도 도움될 수 있습니다. 담대하게 나아갈수 있는 용기는 자신의 영적 의도를 명확히 하여 그것을 신성에 항복하고 모든 일이 일어나야 하는 대로 일어날 것임을 믿는 것에서도 나옵니다.

이 장에서 호킨스 박사는 욕망의 항복에 대해 자세히 설명합니다. 또한 이 장을 마치며 깨달음의 여정에서 마음대로 쓸 수 있는 가장 강력한 도구를 제공합니다.

* * *

　겸손한 마음으로 신에게 입장성positionality을 기꺼이 항복하면 '인간은 본질적으로 순진하여 심각한 무지로 고통받고 있기에, 고통에서 벗어나는 유일한 길은 영적 진실을 통해 무지를 초월하는 것일 수 있겠다.'고 기꺼이 인정하게 됩니다. 그런 뒤에 사람은 개인적인 삶에서나 심지어는 직업적인 삶에서도 영적 진실을 탐구하는 학인이 됩니다.

　인간의 고통을 더는 것이 의학의 일이자 정신의학의 일입니다. 그래서 나는 정신분석에 발을 들였습니다. 무의식적 갈등을 이해하는 일이든 정신약리학을 연구하는 일이든 모두 인간의 온갖 고통을 더는 데 도움이 될 능력을 연마하기 위한 것이었습니다. 이런 노력에 전념하면 결국 영적 진실을 탐구하고 영적 프로그램을 수행하게 됩니다. 인간의 딜레마는 다른 경로로는 해결책을 찾을 수 없는 것들이 많기 때문입니다. 사랑하는 사람의 죽음에 달리 해결책이 없는 것과 같습니다. 결국에는 영적 진실이 모든 고통을 치유할 것임을 아는 가운데 신과 신의 뜻에 항복하는 것 외에는 달리 해결책이 없습니다.

그 모든 고통을 초월하는 길은 겸손을 되찾고 자신에게 벌어진 일을 보는 관점을 기꺼이 놓아 버림으로써 영적 진실이 스스로 밝혀지게 하는 것입니다. 사람들은 침묵에 들어가면 그 침묵으로부터 문득 무언가를 깨닫게 된다는 사실을 알아차리지 못합니다. 억지force로 답을 얻으려고 애씁니다. 아니면 답을 달라고 신에게 강요force합니다. 요구에 불과한 기도가 많습니다. 기도로 위장된 요구에 응답하라고 신에게 강요합니다. 새 차를 달라고 신에게 강요하려 듭니다. 그러나 정말로 신의 뜻에 항복하면 갑자기 벌어지는 일들을 다르게 보게 됩니다. 그리고 그 일을 다르게 보면 어떤 상실도 없음을 깨닫게 됩니다. 고통의 근원이 사라집니다. 그리고 고통의 근원이 사라지면 그 근원이 무지에서 비롯되었다는 것, 내가 그 일을 보는 방식에서 비롯되었다는 것을 알게 됩니다. 신에게 끊임없이 항복하면 모든 것이 저절로 해결됩니다. 고차원적인 문제나 복잡한 문제, 영적으로 어려운 문제도 마찬가지입니다.

새 차를 위한 기도에 임하는 가장 좋은 방법은 새 차에 대한 욕망을 항복하는 것입니다. 왜 새 차를 원할까요? 행복이 자신의 외부에 있는 어떤 것이라고 생각하기 때문입니다. '새 차가 생기면 성공한 기분이 들어 행복할 거야.'라고 생각하기 때문입니다. 요컨대 모든 욕망은 어떤 것이 우리에게 행복을 가져올 것이라는 무의식적인 신념 체계와 연관되어 있습니다. 하지만 그런 신념 체계 때문에 우리가 외부 세상에 매우 의존하게 되는 것입니다. 그래서 우리의 행복은 맨날 깨지기 쉽고 우리는 맨날 두려움 속에서 삽니다. 행복의 근원이 우리 외부에 있다면 우리는 늘 무력해진 처지, 아마도 피해자의 처지일 수밖에 없기 때문입니다.

행복의 근원이 내면의 자족감이라면 누구도 그것을 빼앗을 수 없습니다. 그리하여 육체적으로 살든 죽든 상관이 없어지는 시점에 도달합니다. 죽음을 눈앞에 두고도 떠나면 떠나는 것이고 아니면 아닌 것이 됩니다. 별일이 아니게 됩니다. 욕망에 시달리는 것은 괴로움을 자초하는 것입니다. 그러므로 신에게 모든 것을 기꺼이 항복한다는 것은 무슨 일이 있어도 모든 것을 항복하는 것, 심지어 생명 자체도 항복하는 것을 말합니다. 그러면 문제가 해결되며 무언가로 대체됩니다. 그리고 그것이 새 차보다 낫습니다.

모든 영적 기법 중에서 솔직히 가장 실용적인 것은 관상이라고 봅니다. 왜 그럴까요? 관상이나 명상을 하는 두 가지 방식이 있기 때문입니다. 내가 중심 시야 방식이라 부르는 것과 주변 시야 방식이라 부르는 것이 있습니다. 중심 시야 방식의 명상 중에 사람은 이 순간이라고 상상되는 것에 강렬하게 집중되어 있으면서 그 상태를 바꾸고 싶은 바람을 끊임없이 놓아 버려, 바람이 생기는 대로 신에게 항복할 수 있습니다. 이렇게 하는 것은 장의 초점에 집중하는 것입니다. 관상 중에도 똑같이 합니다. 시급한 과제에 주의를 집중합니다. 감자 껍질을 벗기고 있든 뭘 하고 있든 이 순간의 관심의 초점에 확고하게 집중하고 그 상태를 바꾸고 싶은 바람을 놓아 버립니다. 다시 말해, 순간이 발생하는 대로 끊임없이 그 순간에 항복하는 것입니다.

주변 시야 방식의 명상이나 관상 중에는 초점에 집중하는 대신 장에 집중합니다. 초점 말고 장을 항상 알아차리는 것이 더 빠른 기법이라고 봅니다. 장에 집중한 사람들은 어떤 방에 들어가면 그 방의 에너지를 즉시 눈치챕니다. 즉 방에서 일어나는 일의 요점 전반을 즉시 파악합니다. 방 안의 사람이 어떻게 생겼냐고 물으면 대답하지 못할 수도 있습니다. 그런 것에 집중하지 않기 때문입니다. 대신에 분위기, 전체적인 에너지, 지배적인 상태를 눈치챕니다. 이런 것을 빠르게 눈치챈 다음 나중에 명확히 밝힐 수도 있습니다.

장이 궁극의 실상에 더 가깝기 때문에, 장 자체에 대한 관상이나 명상에 들어가는 것이 더 빠르고 더 효과적일 수 있습니다. 여러분이 어떤 구체적인 것에 집중되는 것은 의도가 있기 때문입니다. 그래서 초점을 장으로 옮기면 의도를 초월하게 됩니다. 이렇게 하는 것은 주변 상황 전반에 항복하는 것에 가깝고, 상황을 애써 바꾸는 것이 아닙니다. 조용히 앉아 눈을 감고 하는 명상에서도 같은 일이 일어납니다. 마음의 내용을 지켜볼 뿐 그것을 바꾸려는 의도는 전혀 없습니다. 이미지, 기억, 공상, 상상 등 생각이 흘러가는 것을 지켜보면서, 생각하는 상태 thingkingness의 내용에 집중하는 대신 생각하는 상태가 일어나는 장에 집중합니다. 이렇게 하면 마음의 99퍼센트가 사실 아주 고요하며 자신이 그저 지켜보고 있다는 것, 그저 목격하고 있다는 것을 알게 됩니다. 그리고 자신을 생각의 내용과 동일시하던 것에서 벗어나 생각 상태의 관찰자, 목격자로 바뀌기 시작합니다.

그러면 '나는 마음'이라고 생각하는 대신 '나는 마음의 목격자', '나는 마음의 관찰자'라고 생각하게 되고, 마침내는 '나는 장'이며 장 안에서 목격자와 관찰자가 의식의 내용을 인지하고 있음을 깨닫게 됩니다. 그런 뒤에 문득 알게 됩니다. 자신이 무한한 장이며 이 장에서 의식 자체가 시간과 시간의 모든 개념보다 먼저, 인식보다 먼저, 유발causation 같은 신념보다 먼저 생겨난다는 것을 알게 됩니다.

그러면 마음은 생각하는 것을 멈춥니다. 무언가 알아내려는 것을 멈춥니다. 기억하는 것을 멈춥니다. 편집하는 것을 멈춥니다. 자기 정당화를 멈춥니다. 그리고 마음이 평소에 추측, 생각의 반복, 과거 재해석, 자기 자신과 과거 사건을 보는 견해의 개선, 자기변명, 타인을 비난하는 데 시간과 노력을 많이 들이고 있다는 것을 알게 됩니다. 마음은 끝이 안 나는 환영 극장과도 같은 것이니 말이죠.

대부분의 사람들은 마음의 피해자라 "어떻게 하면 내 마음이 생각을 멈추게 할 수 있을까요?" 또는 "밤에 잠자리에 들었는데 내 마음이 계속 생각해요."라고 하소연합니다. 마음의 피해자가 되는 대신 마음의 내용과 동일시하는 것을 초월할 수 있습니다. 많은 노력이 필요하지도 않습니다. 항복하고, 자신이 생각의 목격자, 생각을 알아차리는 장임을 깨닫도록 스스로를 놓아 두는 것은 아주 쉬운 일입니다. 나아가 자신을 의식 자체와 동일시하고 자신이 의식 자체이지 의식의 내용이 아니라는 더 높은 진실을 깨닫습니다. 그러면 의식의 근원이 무엇인지 깨닫게 되고, 의식의 근원을 깨달음과 함께 사람은 어떤 앎knowingness의 장으로 들어갑니다. 이 장에서는 아는 자와 알려지는 바가 동일한 한 가지 것입니다.

이 지점에서 사람은 이원성을 초월합니다. 아는 자the knower와 알려지는 바the known가 전혀 다르지 않고 동일한 한 가지임을 압니다. 그리고 존재의 근원 자체, 의식의 근원 자체를 깨달아 동일시하게 되고, 더불어 집에 돌아온 듯한 느낌이 듭니다.

그런 알아차림의 장에 들어서는 느낌은 고향을 그리워하며 평생을 살다 마침내 집에 돌아온 듯합니다. 이런 자아의 느낌이 대명사로서의 자아의 느낌보다 중요해집니다. 자신의 자아self라고 생각했던 것은 진정한 자아Self인 것의 실상에 비하면 완전히 부차적인 것입니다. 이렇게 여러분은 작은나self에서 큰나Self로 옮겨 간 다음 마침내 집에 있게 됩니다. 이 과정에서 가장 쉬운 것은, 생각하는 상태의 내용에서 생각하는 상태의 목격자로 옮겨 가는 것입니다. 이렇게 하는 것에 대단한 천재성 같은 것은 전혀 필요하지 않습니다.

"어떤 생각 때문에 미치겠다."고 불평하는 사람이 있으면 나는 이렇게 묻습니다.

"그런 생각 때문인지 어떻게 알죠?"

"그런 생각을 경험하고 있으니까요."

"그렇다면 당신은 그런 생각이 아닙니다. 당신은 그런 생각의 경험자이지요. 경험자가 아니라면 불평하지 않았을 겁니다. 생각은 불평하지 않으니까요."

생각은 "도와줘, 도와줘, 도와줘." 하지 않습니다. 생각의 경험자가 그러는 것입니다. '나'는 생각의 경험자입니다.

자신이 무슨 생각을 경험하고 있는지 어떻게 알까요? 생각을 목격하고 있기 때문입니다. 생각을 기억에 남기고 있기 때문입니다. 따라서 여러분은 의식의 내용, 생각하는 상태와의 동일시에서 벗어나 관찰자, 목격자, 경험자가 될 수 있습니다. 그러면 이미 생각하는 상태에서 한 걸음 빠져나온 것입니다. 더 이상 생각하는 상태의 피해자가 아닙니다. 그것의 목격자입니다. 더 이상 사건의 당사자가 아닙니다. 그것의 구경꾼입니다. 사건의 당사자에서 사건의 구경꾼으로 옮겨 갑니다. 비극의 목격자입니다. 생각 상태의 목격자입니다. 자책의 목격자입니다.

조금만 명상하고 조금만 관상하면 '진정한 나라는 것은 경험자/목격자'라는 사실을 어렵지 않게 깨닫습니다. 여러분은 경험자/목격자입니다. 목격의 대상이 아닙니다. 벽에 걸려 있는 그림이 분명 아닙니다. 또한 여러분은 기억이 아닙니다. 여러분이 어제와 오늘에 동시에 존재할 수 없는 한, 여러분이 생각하던 것은 어제였고 오늘은 오늘이니까요. 나라는 것은 분명 생각의 목격자입니다. 우리가 불평하는 대상은 경험된 것일 뿐입니다.

이제 감정feelings으로 넘어갑시다. 우리는 생각이 아닙니다. 우리는 마음이 아닙니다. 그러니 다음 단계는 감정에서 벗어나는 것입니다. 앞에서 감정은 에고가 먹고 사는 방법이라고 이야기했습니다. 에고는 분노를 먹고 삽니다. 자기 연민을 먹고 삽니다. 마음을 관찰하면 '나는 생각의 내용이 아님'을 알 수 있습니다. 그러면, 생각에 수반되는 감정은 어떨까요?

감정을 살펴보면, 감정은 자기 자신을 먹고 산다는 것을 알 수 있습니다. 자신에 대해 철저히 정직해지면, 자신이 피해자인 것에서 많은 것을 얻고 있다는 것을 깨닫게 됩니다. 부당하게 대우받는 사람인 것에서 많은 것을 얻고 있습니다. 제대로 인정받지 못하는 사람인 것에서 많은 것을 얻고 있습니다. 이제 기꺼이 그런 보상을 항복해야 합니다. 피해자, 부당하게 대우받는 사람, 제대로 인정받지 못하는 사람, 방치된 사람, 학대받은 사람인 것에서 얻는 단물을 기꺼이 항복해야 합니다. 피해자 의식, 아픔과 괴로움, 정의로움 같은 것에서 얻고 있는 보상을 모두 놓아 버려야 합니다.

감정 상태에서 벗어나는 길은 거기서 얻는 보상에 있습니다. 나는 이것에서 얻는 보상을 기꺼이 항복할 것인가? 신에 대한 나의 사랑과 헌신이 자기-피해자화*의 욕구보다 큰가? 우리는 저 밖의 어떤 것에 대해서도 피해자가 아니며, 모든 피해자화는 자기-피해자화임을 아십시오. 심지어 세상 사람들이 보기에는 여러분이 사고의 피해자라고 해도 마찬가지입니다. 사고 때문에 여러분이 겪는 아픔과 괴로움은 에고의 부산물과도 같은 것입니다.

예를 들어 사고로 손가락을 잃은 사람이 있습니다. 그는 분노, 격분, 분개, 자기 연민에 빠질 수도 있고, 그런 것을 신에게 완전히 항복하며 "이 일이 뭘 의미하는지, 왜 일어났는지 모르겠습니다."라고 할 수도 있습니다. 그 일이 일어나기 위한 카르마적 설정setup까지 깨닫는 데는 시간이 좀 걸릴 수도 있지만, 이해되고 나면 아무 문제 없습니다. 괜찮습니다. 많은 괴로움은 영적 무지의 결과입니다. 앞서 이야기했듯이, 모든 위대한 아바타들은 우리가 인간이라는 사실이 지닌 근본 문제를 심각한 무지라고 했습니다. 영적 연구와 의식 연구는 우리 자신, 인간

---

* 자기-피해자화(self-victimization) : 피해자를 자처하는 것

특유의 상태, 의식의 본성, 영적 실상에 대한 무지를 극복하고 그 지식을 활용해 모든 생에 걸쳐 우리를 구속해온 족쇄에서 해방되기 위해 고안된 것입니다. 그런 무지의 족쇄가 없다면 우리는 모두 이미 붓다가 되었을 것이니까요.

* * *

"명상할 시간이 없다."고 하는 사람들이 많습니다. 그것이 내가 관상을 선호하는 이유입니다. 관상은 언제 어디서나 지속되는 것이기 때문입니다. 관상이 습관이 되고 세상에 존재하는 방식이 되면, 관상 속에서 여러분은 어떤 것에도 매달리지 않습니다. 영화가 시작되면 시작되는 것이고, 시작되지 않으면 그냥 다른 일을 합니다. 세상의 영향을 받지 않고 마음의 영향을 받지 않으며 모든 현상이 일어나는 장과 점점 더 하나가 되고 동일시하게 되면, 여러분은 우리의 삶을 구성하는 것들로부터 갈수록 영향을 받지 않게 됩니다. 들판에 앉아 명상할 수도 있고, 영화관에 앉아 영화는 무시하고 명상을 할 수도 있습니다. TV를 켜 놓고 완전히 무시할 수도 있습니다. 내면 상태가 그런 것에 영향받지 않습니다. 그리고 그건 선택하기 나름입니다. 영화를 볼 수도 있고 보지 않을 수도 있습니다. 개입할 수도 있고, 개입하지 않을 수도 있습니다. 자유롭게 선택합니다. 평범한 사람은 자유롭게 선택하지 못합니다. TV를 무시하려면 채널을 돌려야 합니다. 채널에 영향을 받으니까요.

의식의 내용과의 동일시를 초월하는 것이 모든 것을 발생하는 대로 놓아 버리는 상태에 이르는 가장 빠른 길입니다. 여기서 의도가 중요해집니다. 신에게 헌신하기로 의도한다는 것은 신에게 기꺼이 고집을 항복하고자 한다는 의미입니다. 언제나 어느 때나 고집을 항복하는 것입니다. 앞서 이야기했듯이, 우리가 에고에게 얻는 단물은 에고에게 단물을 짜내려는 고집에서 나옵니다. 에고에게 최대한 단물을 짜내려는 고집을 놓아 버릴 때, 에고에게서 어떤 만족도 얻지 않을 때, 에고는 멈춥니다. 의지를 항복하는 것이 신에 이르는 가장 빠르는 길입니다.

라마나 마하리쉬 같은 영적 스승들은 평생 영적 기법

이나 명상 같은 것을 수행하는 길과 한순간 신에게 아주 깊이 항복하는 길이 있다고 했습니다. 신에게 아주 깊이 항복하는 것은 한순간일 수 있지만, 그 순간에 도달하는 데는 여러 생의 고뇌와 고통이 필요할 수도 있습니다. 하지만 영적 정보가 있으면 그 순간에 도달하는 데 걸리는 시간을 단축할 수 있습니다. 그 순간이 자연적으로 다가오기를 기다린다면 붓다의 말처럼 영겁의 시간이 걸릴 수도 있습니다. 하지만 영적으로 준비된 상태에서 어떤 영적 진실을 들으면 그 시간이 극적으로 단축됩니다. 적어도 문제가 무엇인지는 알아차리게 되니까요.

고집의 지속이 깨달음을 가로막습니다. 오직 이것, 이 한 가지 것을 계속 고집하거나 나의 바람, 나의 욕망, 나의 관점을 계속 고집하는 것, 즉 개인적인 나의 절박한 과제에 매달리는 것이 늘 걸림돌입니다. 자신의 고집을 신에게 항복하려는 자발성, 즉 헌신적 비이원성의 길에서는 신에 대한 사랑이 너무나 강렬해 자신의 개인적 의지를 기꺼이 항복합니다. 사람은 마지막 순간에 개인적 의지와 대면하게 됩니다. 그 모든 생을 거치고 영적 기법과 진화를 거쳐서 말이죠. 이때 사람은 먼저 에고를 초월하기 시작하고 에고의 장악력을 떨어뜨리기 시작합니다. 자신의 의지로 상황을 지배하고 변화시키려고 애쓰던 것이 덜해지면서, 항복이 그가 존재하는 방식이자 태도가 됩니다. 발생하는 모든 것은 신에게 항복되어 현재 있는 그대로이고, 변화시키려는 바람이 전혀 없습니다. 그런 뒤 자신의 고집을 항복하면 에고를 받치던 버팀목이 빠지면서 에고가 약화되어 붕괴하고, 사람은 놀라운 상태에 들어갑니다.

이 놀라운 무한한 앎knowingness의 상태 속에는 알기knowing를 행하는 어떤 개인도 존재하지 않습니다. 자기 자체를 알고 있는 앎입니다. 그런 뒤 유일하게 가능한 죽음의 순간이 다가옵니다. 이선의 모든 생에서도 사람은 몸을 떠났습니다. 그런 죽음은 웃음거리에 불과할 때가 아주 많았고, 큰 안도감을 줄 때가 아주 많았습니다. 사람들이 덧씌워 놓은 온갖 드라마만 걷어 내면 실제로는 우스꽝스러울 때가 많았습니다. 죽음의 실제 경험 자체는 솔직히 상당한 안도감을 줄 때가 많아, 사람은 기꺼이 몸에서 벗어나 몸 밖에 있게 됩니다.

사람은 결코 죽음을 경험하지 못합니다. 모든 생에서

죽음의 공포는 웃음거리에 불과한 것으로 밝혀지고 맙니다. 그러나 사람이 경험할 수 있는 유일한 죽음이 있습니다. 그리고 이제 그 죽음이 겉보기에 심각한 현실로 떠오릅니다. 느끼고 알고 감지하는 그것이 늘 자아감의 핵심이었으니 말이죠. 이제 자기 존재의 핵심이 올라와 사람과 궁극의 실상 사이를 가로막습니다. 사람은 이제 자신이 실제 생명을 신에게 항복할 것을 요구받고 있음을 압니다. 여러분이 자신의 생명이라고 믿고 있는 그것, 생명 자체의 핵심이자 본질이고 중심부 자체이자 근원 자체인 것으로 늘 경험해 온 그것을 항복하라고 요구받습니다. 자신의 생명을 신에게 넘기는 항복에 직면합니다. 그리고 그 순간 어떤 더 높은 수준의 영적 실상으로부터 앎이 옵니다. 그 실상이 말을 하지는 않지만, 자신의 생에서 깨달음을 얻은 사람들로부터 들은 적이 있기에 여러분에게 오는 앎입니다. "무슨 일이 있어도 신에게 모든 것을 항복하라. 무슨 일이 있어도. 생명을 잃을까 봐 공포스러워도, 너의 생명 자체라 믿는 바를 잃을까 봐 공포스러워도."

무엇을 생명의 근원 자체로 볼지를 결정하려 해도 여러분은 내면에서 생명의 근원 자체를 파악하지 못합니다.

생명의 근원 자체는 여러분이 항복할 수 있는 것이 아니기 때문입니다. 따라서 여러분은 내 존재의 핵심이자 본질이라고 생각되는 것을 항복해야 하는 상황에 직면합니다. 하지만 그렇게 생각한다는 사실 자체가 이미 그 생각이 오류임을 보여 줍니다.

그 길을 통과한 위대한 존재들에게서 오는 더 큰 직관적 앎이 다가온 다음 큰 믿음(그래서 '헌신적'이라 일컫는 것)이 생겨나면, 여러분은 자신의 내면에 여러분의 생명 자체를 미지의 것unknown에 항복할 능력이 실제로 있음을 알게 됩니다. 그 모든 생 동안 내 생명의 핵심이자 근원이라 믿은 기지의 것known, 여러분은 지금 그것을 신에게 항복해야 합니다.

이 마지막 순간에 사람은 정말로 죽는데, 자기 자신을 느끼며 찰나 동안 극도로 괴로워합니다. 이 특별한 죽음에서만큼은 그렇습니다. 죽으면서 실제로 괴로워합니다. 죽음을 경험한 이래로 처음이자 마지막으로 말이죠. 견딜 수 없을 것 같은 고통이 스친 뒤 사람은 자아가 죽어가는 것을 느낍니다. 그리고 돌연 '죽음은 불가능하다.'는 깨달음realization이 옵니다. '나는 지금껏 존재한 모든 것의 근원이며 모든 우주가 존재하기 이전과 이후의 모든 시간에 걸쳐 그러하다.'는 깨달음이 옵니다. '그 무엇도 나를 건드릴 수 없다.untouchable'는 깨달음이 터져 나옵니다. 존재 자체의 근원은 나라는 것의 진실 및 실상과 다르지 않습니다.

그리고 이 시점부터는 죽는 것이 불가능합니다. 죽을 사람이 없으니까요. 죽을 사람이 남아 있지 않습니다. 이제는 아무도 없으니까요. 나 자신이라고 생각했던 그것, 나 자신인 그것을 항복하고 나면, 그것이 사라지고 없으니 더 이상 죽을 것이 남아 있지 않습니다. 그래서 죽음의 공포가 영원히 소멸됩니다.

이 시점부터는 모든 일이 자연적으로 벌어지고 사람은 그것의 목격자가 됩니다. 그리고 길 찾는 법을 다시 익히는 데 상당한 시간이 걸립니다. 적어도 이 특정한 경우*에는 그랬습니다. 몸이 스스로 이리저리 다니기 때문입니다. 모든 일이 자연적으로 벌어지기 때문에, 사람이 할 수 있는 최선은 마음에 다시 활력을 불어넣어 벌어질 일을 예측이라도 하고, 세상에서 '정상'이라 여기는 것들을 감

---

* 저자 자신을 가리킨다.

안해 정상인처럼 보이도록 하는 것입니다. 세상 속에 계속 있으려면 말이죠. 이 경우에는 그렇게 할 수가 없어 오랫동안 세상을 떠나 있을 필요가 있었습니다. 지금도 몸이 어떻게 길을 찾는지 완전히 수수께끼 같을 때가 아주 많습니다.

우주가 어떻게든 해냅니다. 몸이 스스로 이리저리 움직이니 분명 무언가가 몸을 움직이고 있는 것입니다. 하지만 몸이 어떻게 움직이고, 무엇을 할지를 의도적으로 고안할, 자유 의지의 근원이나 중심점은 전혀 존재하지 않습니다. 몸이 그냥 자동적으로 스스로 움직입니다. 이것이 아마도 칼 융의 용어로 페르소나*persona*라고 하는 것, 세상과 교류하며 세상을 도로 반사하는 무엇입니다. 그래서 세상에서 보는 바는 세상이 반사되어 돌아온 모습*입니다.

하지만 중심이 되는 실상은 그 모습에 없습니다. 사람**은 장이지 장의 내용이 아니고, 목격되는 바는 장의 내용이기 때문입니다. 사람이 세상에 대해 어떤 존재인

---

* 세상 사람들이 보는 저자의 모습을 말한다.

** 저자 자신을 말한다.

지, 그리고 사람이 인류의 의식을 어떻게 지탱하는지가 중요합니다.

더 이상 무엇을 하느냐가 중요한 게 아닙니다. 중요한 것은 세상에 대해 자신이 무엇이며, 어떻게 인류의 의식을 유지하느냐입니다. 이제 사람의 봉사가 개인에서 장 자체로 이동하는데, 이는 장과의 동일시가 중단되는 것과 마찬가지입니다. 그런 다음 사람이 장과 동일시하면 장에 활력이 불어넣어집니다. 그래서 사람은 인류 의식의 진화를 위해 봉사하며 지금 서 있고, 무슨 능력이 생기든 그것으로 신에게 봉사합니다. 그러나 그것은 저절로 생기는 것이라 사람은 자신의 공을 인정하지도 않고 안 하지도 않습니다.

* * *

육체를 떠나도 된다고 자주 허가됩니다. 사실 이 허가는 언제든 유효한 허가입니다. 때로는 더욱 분명하게 허가되기도 합니다. 강연 중에 그 강도가 매우 높아질 때가 있는데, 통상적인 용어로는 설명하기가 어렵습니다. 지금 이 순간 떠날 것을 요청받는다는 앎, 허가될 뿐만 아니라 거의 요청받는다는 앎, 떠나도록 끌어당겨진다는 앎이 있습니다. 결정을 내릴 사람이 존재하지 않아 어떤 결정이 내려질지 알 길이 없으므로 그냥 지켜봅니다. 몸이 쓰러져 숨이 멎는다면 그렇게 된 것입니다. 몸이 통로를 계속 걷는다면 그것도 그렇게 된 것입니다. 하지만 무슨 일이 일어날지는 실제로 보기 전까지는 알 수가 없습니다.

가장 임박했던 것은 어느 강연 중에 내가 통로를 걸어갔을 때였습니다. 이 몸, 즉 세상에서 나라고 부르는 것이 통로를 걷는 참이었는데, 떠나도록 강하게 잡아당겨졌습니다. 마치 자석 같은 것에 의해 전국으로 도로 잡아당겨지는 것 같았습니다. 나는 내가 계속 걸을지, 걷지 않을지 알지 못했습니다. 그러자 그것은 어떤 신비한 수단에 의해 계속 걸었습니다. 여전히 걷고 있고요. 통상적인 사고로 이해 가능한 용어로는 설명될 수 없는 일이 정말 많습니다. 사람들은 그런 것을 무의식적으로 이해하거나 나름의 영적 실상의 장을 통해 이해할 수 있습니다. 그래서 방금 말해진 것을 영적 실상은 이해할 수 있지만, 마음과 에고는 이해할 수 없습니다. 언어화의 세계에는 그런 것을 적절히 묘사할 정확한 용어가 없기 때문입니다.

하지만 꿈의 상태 같은 것을 경험해 보았거나 특히 임사 체험을 한 사람들은 그런 것을 잘 알고 있다고 봅니다. 몸을 떠날 수도 있고 떠나지 않을 수도 있습니다. 내가 십대 때 눈더미 속에서 한 경험도 상당히 비슷했습니다. 호흡이 멎었고 모든 것이 완전하고 완벽하게 고요해졌으니까요. 계속 숨을 쉬거나 육체 활동을 재개할 필요가 전혀 없었습니다. 하지만 그 순간 나는 몸이 호흡을 재개하지 않는다면 아버지가 내가 죽었다고 생각하실 것임을 알았습니다. 아버지는 죽음이 존재한다고 믿으셨으니까요. 다들 죽음이 존재한다고 믿으니까 말이죠. 어떤 상태에서 사람은 죽음이 불가능함을 깨닫습니다. 하지만 아버지는 그걸 모르시니 죽음이라 여겨지는 것을 보면 대단히 슬퍼하실 것임을 알고 다시 숨을 쉬었습니다. 죽음은 가능하지 않습니다. 생명의 에너지는 한 형태에서 다른 형태로 변형될 수는 있지만 소멸될 수는 없습니다. 에너지 보존의 법칙이나 질량 보존의 법칙처럼 생명 보존의 법칙은 '생명은 소멸될 수 없다.'는 것입니다.

*　*　*

    호킨스 박사는 이 장을 마무리하며 우리는 육체가 아니며 우리의 영, 우리의 진정한 본질은 죽지 않는다는 사실을 일깨웁니다. 이 진실에, 여러분 자신이나 사랑하는 사람의 죽음에 대한 두려움을 비추어 보면 어떨까요? 상상 속에서, 죽은 뒤에도 나의 본질이 계속해서 삶을 경험하는 모습을 시각화해 보는 것도 좋습니다.

12장

사랑의 장애물을
없애려면

*The Highest Level
of Enlightenment*

여러분 자신이 변화함에 따라 여러분의 가족, 일, 나라, 나아가 세상 전체가 어떻게 변화할지 자문해 보세요. 여러분 자신의 세상이 어떻게 달라질 수 있을까요?

이 장을 읽어 나가면서, 이 책에서 얻은 지혜와 통찰을 여러분의 영적 삶에 어떻게 적용할 수 있을지 잘 생각해 보세요.

* * *

Q: 저희는 신체운동학 테스트를 할 때 같은 진술에 대해 서로 다른 답을 얻는 문제가 있습니다. 무엇을 잘못하

고 있는 것일까요?

A: 우리는 진실에 대한 항복, 진실에 대한 헌신을 이야기하고 있습니다. 비이원성의 길은 진실 그 자체를 위해 진실에 헌신하는 것입니다. 진실은 신성의 표현이기 때문입니다. 진실은 인간이 이해할 수 있는 형태로 표현된 신성입니다. 신성은 실재existence의 근원으로서 늘 존재하지만, 인간은 신성에 주의를 기울이지 않아 그 존재를 알지 못하기 때문입니다. 우리는 진실에 헌신해야 합니다. 측정 결과가 어떻게 나오든 말이죠.

측정 결과에 대한 바람을 기꺼이 항복하는 것을 어려워하는 사람들이 있습니다. 그들은 자기가 제일 좋아하는 구루를 측정해서 그가 인류의 구세주라고 판명되길 바랍니다. 인류를 구원하는 중인 최애 구루나 아바타가 매주 열두 명은 나오는데, 그들은 맨날 289쯤으로 측정됩니다. (웃음) 그 정도면 상냥하고 사랑스러운 사람들이라 사람들은 그들을 자기들이 바라는 대로 만듭니다. 바라는 바를 그들에게 투영합니다. 어느 정도는 진실이기는 합니다. 사랑 자체가 인류의 구원인 것은 사실이니까요. 그래서 숭배자 쪽이 소위 아바타보다 의식 수준이 높은 경우가 아주 많습니다. 믿는 사람들은 자기들의 무조 건적인 사랑을 투영하고는 마더 머시기가 인류를 구원할 것이라고 생각합니다. 자기들의 가슴을 그녀에게 투영하 고는 그녀를 위대한 구세주로 여깁니다. 그들의 순진함은 감동적입니다. 그들이 "얼마로 측정되죠?" 하면 뭐라고 대답해야 할지 모르겠습니다. 그들은 800쯤일 거라고 보 는데 내가 알아낸 숫자는 284니까 말이죠. 바텐더와 같 은 수준입니다. (큰 웃음) 왜요, 나도 왕년에 친절한 바텐더 였습니다. 택시 운전도 하고 온갖 일을 다 하던 시절에 말 이죠.

진실을 향한 우리의 헌신은 '내가 진실을 알고 싶은 것 은 단지 진실을 알고 싶기 때문이다.'와 같은 것이어야 합 니다. 그러면 답에 대한 바람 없이 솔직한 답을 얻을 수 있습니다. 이 측정 기법은 에너지의 반응이 빠르고 민감 해서 음악을 끄고 해야 합니다. 700인 음악이 들리면 측 정을 다 망칩니다. 고요한 곳에서 하고, 집중에 방해될 것 들은 배제하세요.

측정은 애정 표현 시간이 아닙니다. 팔을 제공하는 피 험자와 그 팔을 누르는 시험자가 실험을 하는 시간입니다. 시험 시간에는 서로에게 냉철한 법입니다. 감정적이지 않습니다. 객관적인 사실을 알아볼 뿐입니다. 배터리의 전압을 알고 싶은 것과 마찬가지입니다. 이제 몇십 그램 정도의 압력만으로 내리누릅니다. 피험자의 팔을 부러뜨릴 만큼 센 압력이 아닙니다. 우리가 방문한 어떤 곳에서는 죄다 근육질인 사람들이 힘을 다해 누르고 있었습니다. 그래서 내가 "여러분, 얼마나 힘이 센지 테스트하는 것이 아닙니다." 하고는 요령을 알려 줬습니다. 이 테스트는 적당한 압력에 대해 저항이 어느 정도인지를 알아보는 것입니다.

"내가 떠올린 사람은 200 이상이다. 저항!" 이런 식으로 말하고 내가 내리누르는 순간 피험자도 나와 같은 정도의 힘으로 저항합니다. 때로 여러분은 예상과 다른 답을 얻을 것입니다. 의식 수준 값을 측정할 수도 있고, 단순하게는 '그렇다'와 '아니다'만 측정할 수도 있습니다. 앞서 말했듯이, 사실은 '그렇다/아니다'가 아닙니다. '그렇다/그렇지 않다not yes'입니다. 오늘은 양자역학을 다루지 않았지만, 고급 이론 물리학의 수학과 나아가 양자역학이 우리에게 알려 주는 사실은 자연은 '그렇다'라고만

할 수 있고 '아니다'라고는 할 수 없다는 것입니다. 자연은 '그렇다/그렇지 않다'만 알려 주는데, 이는 양자역학, 즉 제1과정과 제2과정으로 해석되는 하이젠베르크 원리와 일치합니다. 우리가 얻을 수 있는 답은 '그렇다'나 '그렇지 않다'뿐입니다. 우주로부터 '아니다'라는 답을 얻을 수는 없습니다. 우주는 '아니다'를 알지 못합니다.

여러분은 질문*을 반복할 때 그것이 같은 질문이라고 생각합니다. 하지만 그렇지 않습니다. 처음 질문했을 때 여러분은 이미 양자역학의 하이젠베르크 원리에 따라 현실을 변화시켰습니다. 이제 동일한 현실이 아닙니다. 이미 질문한 적 있다는 사실이 이미 잠재 상태potentiality 를 변화시켰습니다. 사실은 '그렇다'는 답을 더 얻을수록 '그렇다'에 더 고착됩니다. 이른바 '들떠서 추측하기 exhilarated guessing'를 하면 일관되게 '그렇다'를 얻는 경향이 있기 때문입니다. 여러분이 양자역학이 궁금해 죽을 지경인 것을 알기 때문에 꺼낸 이야기입니다. (웃음) 하이젠베르크 원리는 '일단 질문을 했다면 이미 잠재 상태를 변화시킨 것임'을 의미합니다. 왜 그럴까요? 여러분이 잠

---

* 실제로는 의문문이 아니라 서술문을 진술하면서 측정한다.

재 상태를 방출시켰기 때문입니다. 디랙 방정식*에 따라 여러분이 파동 함수를 붕괴시켰기 때문입니다. 그래서 이제 여러분은 새로운 현실에 갇혀 다시 관찰하게 됩니다.

질문이 복잡해질 수도 있습니다. 최근에 어떤 사람의 의뢰로 측정을 했는데, 처음에는 질문이 단순할 것 같았습니다. 하지만 "그것을 위해 이것이 좋을까, 저것이 좋을까?"라고 질문했더니 답이 모호하게 나왔습니다. 그래서 '아하, 이건 숫자나 그렇다/아니다를 묻는 것보다 훨씬 복잡한 경우네.' 하고 알았습니다. 왜냐하면 "그것을 위해 이것이 좋다."고 말할 때는 '좋다'가 무슨 의미인지를 정의해야 하기 때문입니다. 사람이 좋다는 건가, 잠재력이 좋다는 건가? 그래서 "이 사람은 이 시점에서 이 일을 처리할 카르마적 역량을 갖췄나? 그들은 그 일을 처리할 카르마적 운명인가?"라는 식으로 질문했습니다.

또 한번은 진행 중인 어떤 일에 대해 질문하는 중이었습니다. 그래서 "이 사람은 현재 적합하다." 또는 "그들은

---

* 관찰 전의 (여러 가능성이 중첩된) 불확실한 상태가 관찰에 의해 하나의 확장된 상태로 전환되는 과정을 보여 주는 방정식

현재 진행되고 있는 일과 방향이 맞는다."라고 진술해야 했습니다. "이 사람은 이 팀에 적합한 코치인가?" 글쎄요. 이 팀은 코칭 받아 본 경험이 전혀 다른 뛰어난 선수 둘을 막 영입한 참인데, 이 점을 감안해도 이 코치가 여전히 최고로 적합한 코치일까요? 그렇지 않을 수 있습니다. 코칭 받아 본 경험이 다른 두 선수는 이 코치와 안 맞을 수 있으니까요. 질문은 이런 식으로 복잡해질 수 있습니다.

단순히 '그렇다/아니다'를 측정하는 것을 넘어 본격적인 연구에 들어가게 되는 경우가 아주 많습니다. 어제 한 것이 생각나는데요, 한나절은 족히 들여서 진지하게 답을 추적했습니다. 어떻게 보면 측정은 알고리즘과 변수와 잠재 상태를 다루는 일이니까요. 진실을 정의하려면 맥락부터 명시해야 합니다. 따라서 '그렇다/아니다'로 나오는 진실도 어떤 조건하에서 그런 건지를 알아야 합니다. 이것이 내가 상황 윤리를 좋아하는 이유입니다. 한 상황에서는 윤리적인 것이 다른 상황에서는 윤리적이지 않을 수 있으니까요. 상황 윤리에 콧방귀를 뀌는 종교 규율들이 있는 것도 알고 있는데, 물론 그들은 틀릴 권리가 있습니다. (웃음)

* * *

Q: 더욱 사랑하거나 더욱 사랑받을 길이 있을까요?

A: 그런 길은 없습니다. 사랑의 걸림돌만 없애면 됩니다. 여러분의 본질이 사랑이니까요. 앞서 살펴보았듯이, 전쟁은 평화의 반대말이 아닙니다. 평화는 거짓이 제거되었을 때의 자연적 상태입니다. 따라서 자애로움lovingness 은 사랑을 가로막는 거짓되고 잘못된 장애물이 제거되었을 때의 자동적 상태입니다. 그래서 자애로움은 존재하는 태도가 됩니다. 사랑은 감정이 아니니까요. 감정은 여기서 저기로 옮겨 갑니다. 하지만 사랑을 잃을 수는 없습니다. 누가 사랑을 가지고 도망갈 수는 없습니다.

* * *

Q: 과학이 499 수준을 넘어 진화할 수 있을까요?

A: 아니요. 양자역학이 희망이었지만 양자역학은 465 정도로 측정됩니다. 과학자로서 499에 도달한 사람은 아인슈타인입니다. 양자역학의 코펜하겐 해석을 놓고 대토론을 벌인 1927년의 솔베이 회의에는 아인슈타인, 보어, 하이젠베르크, 디랙 같은 첨단 이론 물리학의 거장들이 모두 참석했습니다. 코펜하겐 해석이 근거하는 하이젠베르크의 불확정성 원리는 우리의 의식이 어떤 것에 집중하면 이미 그것을 변화시킨 것이라는 것입니다. 잠재 상태였던 에너지장의 파동 함수를 붕괴시킨 것입니다. 이에 대해 아인슈타인은 객관적이고 정의 가능하고 증명 가능한 저 밖의 우주에 인간의 의식이 들어오는 것을 원치 않는다고 했습니다. 인간의 의식에 '영향받지 않는' 우주를 선호함으로써 그는 499를 넘어서지 못하고 한계에 갇혔습니다. 반면에 데이비드 봄은 접혀 있는 우주와 펼쳐진 우주를 말했고, 그래서 500 이상으로 측정됩니다.

옛날의 신, 즉 악의와 분노에 차 있으면서 인간이 죄지었다고 보복하며 편애하는 무리도 있는 신을 말했을 때 프로이트는 옳았습니다. 그는 그런 신이 모두 무의식에서, 눈앞의 거대한 부모에 대한 아이의 공포에서 나오는 것이라고 했습니다. 프로이트 말이 맞습니다. 가짜 신은 가짜입니다. 그런 다음 그는 '가짜 신은 가짜다. 그러므로 진짜 신은 없다.'고 논리적으로 비약했습니다. 그러나 이 말은 진짜 신이 없음을 증명하지 못합니다. 그는 가짜 신은 가짜임을 증명했을 뿐입니다. 하지만 그런 통찰 자체가 이미 진보한 것이었습니다. 그것으로 그는 499에 도달했고, 499는 매우 훌륭한 수준이니까요. 아인슈타인과 뉴턴과 프로이트의 499 수준은 매우 진보한 것이지만 500대의 영역은 아닙니다. 500에서 우리는 주관subjective으로 옮겨 가니까요. 우리 모두가 사는 곳은 주관 속입니다.

개관적인 용어를 쓰긴 하지만 우리는 모두 주관의 지금과 여기에서 삽니다. 주관은 모든 경험의 미묘하고 정의 불가능한 특성입니다. 주관은 원인이라 생각되는 바가 저 밖에 있는 상태out-there-ness 속에서 우리가 항상 경험하는 바입니다. 우리가 사는 곳은 매 순간 주관 속에 있습니다. 여러분의 삶 전체가 주관 속에서 살아집니다. 여러분은 전혀 객관 속에서 살지 않습니다.

여러분이 객관적인 것을 바라본다 해도 주관의 경험적

특성으로부터 그렇게 하고 있는 것이니까요. 어느 과학자가 "검증 가능한 객관적 현실만이 진짜"라고 말한다 해도 그건 매우 주관적인 진술입니다. 문제에 대한 자신의 주관적 진실이 사실이라고 결론 내리고 있는 것이니까요. 문제에 대한 매우 주관적이고 매우 자기중심적인 관점입니다. 자기 관점만이 답이라는 것이니까요.

* * *

Q: 아스트랄 차원이란 어떤 것인가요?

A: 서로 다른 차원들이 있습니다. 영적 차원과 아스트랄 차원이 있는데, 영적으로 순진한 사람들은 이 둘을 혼동합니다. 뉴에이지 페스티벌은 아스트랄의 축제나 마찬가지입니다. 온갖 심령 풀이를 하는가 하면 한쪽에서는 "바-바-후-후" 하고 있고, 룬스톤을 던지고 돌을 던지고 목걸이를 던지고 발톱을 던집니다. 무슨 말인지 알겠죠? 딴 세상에 있는 마스터 바바에게 점성술 풀이를 받아 보니 당장 경주마를 사고 목장은 장모님에게 팔아야 한다

고 합니다. 점 본 값은 200만 원이고요. 이런 호들갑에 걸려들지 마세요. 아스트랄 차원은 흥미롭습니다. 절대 과소평가하지 마세요. 이 우주에는 여러분이 영적으로 진보하는 모습을 보고 싶어 하지 않는 에너지들이 많이 있습니다. 아주 확실하게요.

그리고 그들은 아주 능숙합니다. 지극히 영리하고요. 그들은 여러분보다 영리합니다. 오랫동안 그런 일을 해왔고요. 영적 유혹의 기술과 그것이 주는 매력glamour이 있습니다. 이것이 500대로 측정되는 책을 쓴 많은 구루들이 지금 측정하면 180이 나오는 이유입니다. 영적 유혹에 빠진 영적 스승의 부정적인 면은 타인에게 권력을 행사하고, 특별해 보이도록 하고, 특별한 연줄과 힘이 있다고 주장하고, 누구에게 "당신은 고위층 바바의 후예인 뭐시기 라마 5세의 세 번째 환생이네."라고 하는 것입니다. 이 말에 "이야, 기분 좋은 얘긴데?" 이러면 여러분은 이제 진보하지 못합니다. 방금 낚인 것이니까요.

상위 아스트랄, 중위 아스트랄, 하위 아스트랄이 있습니다. 상위 아스트랄은 천상계이고, 중위 아스트랄은 모든 유형의 좋은 사람들이 생과 생 사이에 가는 곳이고,

하위 아스트랄은 빈 라덴이나 아돌프 히틀러 같은 사람들이 에너지를 얻어 고무되는 곳입니다. 그래서 하위 아스트랄은 악마적인 마계라고 할 수 있습니다. 중위 아스트랄은 소위 내부 차원inner plane이고, 상위 아스트랄은 천상계입니다.

천상계를 통해 메시지를 받는 사람들이 많습니다. 천사 같은 존재와 대화하는 것이죠. 따라서 딴 세상에서 온 정보의 출처가 어디인지를 측정해 보면 상위인지 중위인지 하위인지 알게 됩니다. 위저 보드 같은 것은 지극히 낮게 측정됩니다. 게임일 뿐이라고 생각하겠지만 게임이 아닙니다. 현재 컴퓨터 게임 중 많은 것이 여자를 추적해서 살해하거나 하는 것을 재미있는 놀이로 삼는데, 그런 게임은 80 정도로 측정됩니다. 컴퓨터 앞에 앉아 80의 에너지 장으로 내 마음을 프로그래밍 한다? 프로그래밍 하도록 스스로 설정해 놓으면 어느 순간 머릿속이 하얗게 되어서 '내가 왜 이들을 죽이는지 모르겠네. 난 그저 사람을 죽인다는 게 어떤 건지 알고 싶었을 뿐인데.' 하게 됩니다.

여러분이 알아차리지 못하는 사실이 또 있습니다. 여

러분은 깨어있는 시간 동안 자신의 마음이 항상 의식이 있다고 생각하지만, 사실은 약 24퍼센트의 시간 동안 무의식 상태라는 것입니다. 그래서 나는 사람들에게 레이더 탐지기를 사라고 합니다. (웃음) '나는 지금 의식이 있다.'고 생각할 때 실제로는 24퍼센트의 시간 동안 무의식 상태입니다. 24퍼센트의 시간 동안 무의식 상태이면서 자신이 의식이 있다고 생각하는 것입니다. 그건 자기최면입니다. '나는 의식이 있다.'고 생각하지만 24퍼센트의 시간 동안 의식이 없습니다. 그러면서 있다고 생각합니다. 무의식 상태일 때 여러분은 자신이 무의식 상태라고 생각하지 않습니다. 계속 의식이 있다고 생각합니다. 24퍼센트의 시간 동안 여러분은 무의식 상태입니다. 그렇지 않다고 생각한다면, 경찰 레이디 탐지기를 마련하세요. 그러면 사실인지 아닌지 바로 알게 됩니다. 거리에 경찰이 없습니다. 거리에 아예 사람이 없습니다. 그런데 느닷없이 탐지기가 울립니다. 경찰이 어디서 나타난 걸까요? 내내 거기 있었습니다. 여러분이 자고 있었던 것뿐입니다.

양자역학에서는 거시 세계를 지나 미시 세계로 들어가

사건이 안 일어날 확률을 다루는데, 에고가 다루는 것은 사건이 일어날 확률입니다. 스카이다이버 여러분, 행운을 빕니다. 여러분은 열여덟 번 연달아 잠수할 수 있어서, 열아홉 번째도 시도하지만, 그 순간 돌아가신 장모님 영전에 꽃 보내는 걸 잊은 게 생각나는 바람에 목숨을 잃을 수도 있으니 말입니다. 즉 익스트림 스포츠를 할 때 사람들은 자신이 24퍼센트의 시간 동안 무의식이란 사실을 모르고 연달아 아홉 번을 다이빙대에서 뛰어내리면서 뒤로 재주넘기 5회전도 하고 그러다가 열 번째는 목이 부러지는 것입니다. 따라서 믿지 못할 것을 연이어 믿을 만한 것으로 보고 의지하면 안 됩니다.

세도나의 내 친구 둘이 동물 보호소를 갖고 있었습니다. 동네에서 유명한 사람들이었죠. 세도나에는 방울뱀이 많았고, 사람들은 방울뱀을 보면 그들을 호출했습니다. 그러면 이 사설 보호소 운영자들이 출동해서 방울뱀을 대신 잡았고요. 자기 집 마당에 방울뱀 있는 것을 원치 않는 사람들이 많아 다들 방울뱀을 공짜로 넘겼고, 그래서 그들이 키우게 되었습니다.

이 2인조 중 한 남자는 방울뱀에게 열아홉 번을 물렸습니다. 열아홉 번을 물렸고, 열아홉 번을 살아남았습니다. 그러고는 스무 번째 방울뱀에게 물려서 죽었습니다. 우리가 얼마나 착각하기 쉬운지 알겠죠? "열아홉 번이라니, 나는 면역력이 있어." 그렇지 않습니다. 면역력 없습니다. 스무 번째일 때는 무의식 상태였으니까요. 따라서 나는 레이더 탐지기의 용도가 '에고에 의지해 생존하려고 하면 안 된다.'는 겸손을 얻기 위한 것이라고 말합니다. 여러분의 생존은 장에 달렸고, 그 '장'이 지금 여러분에게 레이더 탐지기를 마련하라고 말하고 있습니다. (웃음) 24퍼센트의 시간 동안 여러분이 무의식 상태임을 상기시키는 용도입니다.

* * *

Q: 태어날 때 죽음이 정해진다면, 인생의 사건들도 미리 운명 지워져 있습니까?

A: 그렇지 않다고 측정됩니다. 카르마는 여러분의 혼 soul이 일정 기간 진화해서 도달한 특정 의식 수준에서 특

정 선택들이 가능해진다는 것을 의미합니다. 이런 선택은 이 수준에서는 안 되고 그런 선택은 그 수준에서는 안 되는 일이니, 우리의 의식 수준이 어느 정도는 우리의 선택을 결정합니다. 나는 이번 생에서 미식축구 풀백이 될 선택권은 얻지 못했습니다. 그래서 수영팀을 추천받았는데, 팀장이 "꼬마야, 넌 팔 한 번 저어서 가는 거리가 너무 짧다."고 했습니다. 미식축구 코치는 "너를 경기장에 들여 보내고 싶지 않다."고 했고요. (웃음) 그래서 권투를 배우러 갔더니 너처럼 가벼운 체급은 팀 내에 없다고 했습니다. 플라이급이 아니라 모스키토급이라고 해도 40킬로그램은 넘어야 한다는 것이었습니다. (웃음) 그래서 나는 이번 생에서 헤비급 챔피언이 될 선택권은 없었습니다. 이런 점에서 우리는 이미 카르마적으로는 운명 지워져 있습니다.

* * *

즐거운 독서였기를 바랍니다. 반복해서 자주 펼쳐 보면 더욱 좋습니다. 이 매혹적인 독서의 여정을 따라가다 보면, 이 세상 속에서 깨어 있는 사람이 될 수 있도록 포스가 아닌 파워의 수준으로 의식을 상승시키는 일이 얼마나 쉬운지 알게 됩니다. 책장을 덮을 때면 틀림없이 삶 자체가 달라져 있을 것입니다.

저자에 대하여

데이비드 호킨스 박사(1927~2012)는 영성 연구소Institute for Spiritual Research, Inc.의 설립자이자 '헌신적 비이원성의 길Path of Devotional Nonduality'의 창시자입니다. 그는 의식 분야의 선구적인 연구자로 명성이 높았을 뿐만 아니라 저자, 강연자, 임상의, 의사, 과학자로도 유명했습니다. 그는 가톨릭과 개신교와 불교의 수도원에서 조언자로 봉사했고, 주요 텔레비전 프로그램과 라디오 프로그램들에 출연했고, 웨스트민스터 사원, 옥스퍼드 포럼, 노트르담 대학교, 하버드 대학교 등 세계 각처에서 강연했습니다. 2012년에 별세할 때까지 그의 삶은 인류의 향상에 바쳐졌습니다.

*호킨스 박사의 저작에 관해 정보를 더 얻으려면 veritaspub.com을 방문하세요.

옮긴이 | 박찬준

서울대학교 물리학과를 졸업했다. 1994년 세계 최초의 전자책 서비스 '스크린북
서점'을 열어 2000년까지 운영했다. 데이비드 호킨스 박사의 저술과 강연 내용을
연구하는 모임(cafe.daum.net/powervsforce)에서는 '찰리'로 알려져 있다. 옮긴 책으로
데이비드 호킨스의『놓아 버림』,『성공은 당신 것』,『데이비드 호킨스의 365일 명상』,
『데이비드 호킨스의 지혜』,『데이비드 호킨스의 놓아 버림 연습』, 어니스트 홈즈의
『마음과 성공』, 헬렌 슈크만의『기적수업 연습서』등이 있다.

가장 높은 깨달음을 향하여

1판 1쇄 찍음 2024년 11월 4일
1판 1쇄 펴냄 2024년 11월 13일

지은이 | 데이비드 호킨스
옮긴이 | 박찬준
발행인 | 박근섭
책임편집 | 정지영
펴낸곳 | 판미동

출판등록 | 2009. 10. 8 (제2009-000273호)
주소 | 06027 서울 강남구 도산대로 1길 62 강남출판문화센터 5층
전화 | 영업부 515-2000 **편집부** 3446-8774 **팩시밀리** 515-2007
홈페이지 | panmidong.minumsa.com

도서 파본 등의 이유로 반송이 필요할 경우에는 구매처에서 교환하시고
출판사 교환이 필요할 경우에는 아래 주소로 반송 사유를 적어 도서와 함께 보내주세요.
06027 서울 강남구 도산대로 1길 62 강남출판문화센터 6층 민음인 마케팅부

한국어판 © ㈜민음인, 2024. Printed in Seoul, Korea
ISBN 979-11-7052-534-9 03840

판미동은 민음사 출판 그룹의 브랜드입니다.